7
机巧少女不受伤
Facing "Genuin Legends"
Unbreakable Machine-Doll
[日]海冬零儿/著
[日]しロ/绘
十豆/译
云南出版集团
云南美术出版社

『夏尔洛特小姐！
请你放弃雷真吧！』
『该放弃的是你吧？
我……我没什么
需要放弃的呀！』

『好好吃！
芙蕾小姐
你很会做饭呢！』

『这家伙在这儿做什么？
要赶紧给她人工呼吸……
我办不到啊！』

果然是夏尔。
她的样子十分疲惫。

『马格纳斯……』

「能帮我掩护吗，雪月花人偶？」
「可以。」
「发现我了吗，「剑帝」？」
「机会只有一次。」
「嗯，我知道。」

Unbreakable
Machine-Dol

# contents

# 机巧少女不受伤 7

Facing "Genuin Legends"

Unbreakable Machine-Doll

[日]海冬零儿/著 ◎ [日]るろお/绘 十壹/译

云南出版集团
云南美术出版社

# Prologue◎天使之约

“说出来不怕你们误会，这个夏天，夜夜和雷真已经越过了那一条线。”

在常去的学生饭堂里，留着一头亮丽黑发的自动人偶——夜夜如此大声宣布。

现在是瓦尔普吉斯皇家机巧学院的午休时刻，雷真和上学期用餐时一样，带着搭档夜夜，与那位如精灵一般美丽的少女夏尔，以及那只幼龙形态的西格蒙特一同入席。

大家对于夜夜的发言已经习以为常，所以旁边的学生都不怎么在意。

“什么不怕误会啊，你根本就是想让大家误会吧。”

不管怎样，雷真还是像走过场一样反驳了一句，却被夜夜无视了。

“听好了，夏尔洛特小姐。夏天是恋爱的季节。夏季结束之后，少女就会蜕变成女人。那种略带危险的玩火游戏，才能给人留下带着微微苦涩滋味的回忆。”

“她又在胡说八道了……对吧，雷真？”

夏尔那卷着意粉的手顿了一下，她有点担忧地朝雷真问道。

“确实是越过了，但不是你想的那样……”

“什么——西格蒙特！赶快把这个可恶的混蛋轰走！”

“冷静一点啊，夏尔！雷真指的是他的魔法技

能啦。他的意思是……他的魔法回路‘金刚力’的效果已经达到超越高手的水平了。”

“不对！雷真和夜夜跨越的是男女的那一条线！”

夜夜半哭丧着脸宣称道。

这一幕就如以往一般和平。

就在这时——

“哟，你们在聊什么聊得这么高兴呢？”

身后传来一个熟悉的声音。

夜夜立刻露出警惕的神色，周围的学生却发出阵阵感叹。

战战兢兢回过头一看，那里果然站着一个他们熟悉的女人。

她身穿一件凸显上半身优势的连衣裙，像狗尾巴一般的马尾辫也极具特征。年纪大约二十岁，相较于夜夜和夏尔，别有一番成熟的味道。

她是夺得上一届“晚会”胜利的“迷宫的魔王”——格丽泽尔达·威斯顿男爵。

毫无例外，她的腰间垂挂着一把巨型宝剑。

初次与她见面的夏尔很明显开始身体发僵，而雷真也因为与夏尔完全不同的原因绷紧了身体。

“……哟，是师父啊。”

“你这是什么表情？好像看到怪物出山一样。”

“和魔王一比，怪物倒显得可爱多了。拜托你了，别在这种地方舞刀弄枪。”

“你在对谁说话呢？我可是教授，怎么会做这么没分寸的事。”

或许得把你翻转过来，才能捣腾出“分寸”这个词吧——

就在雷真这么想的时候，一记犀利的手刀突然挥下。

在手刀差点砍到眉间之际，雷真以空手接白刃的要领接住了这一招攻击。

“突然来这么一下什么意思啊！你的分寸呢！”

“我又没拔剑！”

“真是的，别闹了好吗！”

看不过眼的夜夜挤进两人之间。

“就算你是魔王，夜夜也不许你伤害雷真。”

“……居然敢对着我这么大言不惭，你以为你是谁？”

“夜夜是雷真的妻子！”

“嚯。话说回来，笨徒弟，关于你的课程——”

“没有妻子这回事啦！”

夜夜痛哭出声，格丽泽尔达有点厌烦地挥了挥手，说道：

“别小瞧成年人。自动人偶对人偶师抱有好感是很自然的，人偶宣称自己是妻子什么的，根本不足为信。如果真是事实，那我也只能把你给拆了。”

“你这么说根本就是个小孩，哪里有大人的模样。”

“对人偶抱有欲望的人才叫肮脏好吗！信不信把你剁了拿去煎肉！”

“你想剁哪里啊！我说，到头来又是想找我麻烦吗？”

“两位，消停一下吧。这里是公共场合。”

西格蒙特抬起脑袋，小声提醒道。

这句话并不是责骂，却有着训人的威严，这才是成年人该有的言行。格丽泽尔达和雷真闻言，都涨红了脸。

“唔……这个自动人偶——该不会就是……‘魔剑’？”

格丽泽尔达瞪圆了眼睛，真不愧是魔王，不仅知识渊博，连看人的眼光也够犀利。

至此，格丽泽尔达终于注意到夏尔的存在。

“那么，那个女孩就是，比劳伯爵的……”

“维斯顿男爵，我是爱德加·比劳的女儿，夏尔洛特。”

夏尔沉下腰，僵硬地行了一礼。

“别，你不需要拘礼了。就出身而言，你比我高级……嗯嗯，事情我也听说了，你挺有才华的。你似乎具备了‘精灵使者’的素质。”

精灵使者——雷真搜索着模糊的记忆，好像在讲古魔法的课上听过。

“你小时候是看得见精灵的吧？或者，你跟独角兽说过话？”

夏尔垂下了头，似乎想起了什么，但看样子又不太愿意提及那件事。见状，雷真体贴地换了一个话题：

“先不说这个了。你找我有什么事？你说我的课程怎么了？”

“对了——你小子，我的课居然一堂也不参加吗？”

格丽泽尔达精通战争历史，因此被聘为历史学院的教授。但是她几乎不上讲座，专攻肉搏战演习、野战演习和实战情况下的生存技巧等等。

“这个……我才上二年级，对专业课程还是有点怯……”

“不用担心。我的课所有年级的学生都能参加。”

“可是，应该有很多想听课的人蜂拥而来吧？我提出申请的时间也晚了……”

“不用担心，我早就为你预留了一个名额。”

“这不是特殊待遇吗？能不能公平一点啊！”

“闭嘴！最好的教育本就该用在最好的素材身上，这样才能对世界的魔法有所贡献。若是学院里的学生，这种事谁都明白。”

虽然她说话声不算大，但饭堂里的所有人都听到了。

大家都咬牙切齿，唯独雷真满脸不服。

格丽泽尔达将申请表格拍在桌面上，说道：

“赶紧签名交到学生科目窗口去——夏尔洛特，我也准备了你的位置。你想来就来吧。”

“咦，我也……有吗？”

“给你加一点练习的课程。身为‘魔剑’的主人，这点水平对龙王来说太失礼了。”

夏尔一副疼痛难忍的模样，她内心肯定是很后悔的吧。

（……真不愧是魔王，毫不留情。）

夏尔的名号“暴龙”令人生畏，而且她还是“十三人”中的佼佼者。所以即便是教授们，也很少有人这么跟她说话的。

说完想说的话之后，格丽泽尔达便翻一翻短裙，扬长而去。

等大家回过神，才发现夜夜已经泪流满面。

“雷真……你打算去上那个狐狸精的课吗？”

“怎么说她也是我的师父啊，别叫她狐狸精。”

“呜呜……明明暑假的时候已经上过很多特训了，整个人都被压榨得……都快被榨干了！”

“别用这么奇怪的表达方式好吗？我只是进行了一些魔法修行而已啊！”

“哼，居然是以身体为目的来决定科目，真是下流的混蛋！”

“你又是怎么了，夏尔？再说了，我可不打算去上她的课程啊。”

“你说什么……魔王亲自来邀你都不去？”

“这个嘛……我是出于深谋远虑。”

“说……说起来，你的时间表怎么安排，已经定下了吗？”

夏尔的举止突然变得有些可疑，脸朝相反的方向，两颊通红。

“身……身为优等生的我，和你商量一下也不是不行啦。

给……给我看一下！”

“这个也不需要费心看了……”

夜夜的眼睛瞪得老大，都有些不自然了。身旁的雷真则打开笔记本，给夏尔看了自己的时间表。

夏尔将手账抢过来，随即眼睛就瞪圆了。

“这是怎么回事！基本都是空的啊！”

正如夏尔所说，雷真只安排了一些必修科目的课程。

“你这样是毕不了业的！没有毕业证书的话，就算赢了马格纳斯，也当不成魔王的！你本来就是中途插班进来的，学分根本不够……”

“不，这样就可以了。”

“……什么意思？你不是很认真地参加了补课吗？”

“那是因为上学期的成绩太差，再说当时放学之后不太安全。”

毕竟成绩太差的学生是会被中途退学的。

“不过，现在不必担心这个了。因为‘晚会’会在期末考试之前结束。”

虽说下学期到三月份才结束，但“晚会”只剩一个多月，在新年之前就结束了。

在跨年之前，他与马格纳斯之间的对决就该有个定论了。

“我的目的就是解决那家伙。不需要毕业证书。”

“……既然如此，不就更应该去上威斯顿男爵的课了吗？”

说得没错，格丽泽尔达的课程说不定有助于战斗。

但是，他也极有可能在对决之前就被摧毁了。

事先做好万全的准备，这也是实战的重要环节。好不容易才养好了伤，如果在与马格纳斯对战之前又搞得满身疮痍，那离胜利就越来越远了。

在此之后，众人也没怎么聊天，这顿午餐也变得有些尴尬。

当大家都清空自己的餐盘，西格蒙特也开始用前脚洗脸的时候——

学生群体突然变得人声鼎沸。

仔细一看，只见一名美得耀眼的女学生正站在饭堂门口。

总而言之，那是一个引人注目的少女。

闪闪发光的金发，挺直端正的腰板，还有那高贵立体的五官。那种贵族一般的气质，与夏尔极相似，但又不像夏尔那么高傲。而且，她的某个部分与夏尔有着天壤之别。

那一身缀有肩饰的白色礼服，是“晚会执行部”的专用制服。

“她是学生总代表，排‘十三人’中的第三位，奥加·萨拉丁。”

听人这么一说，雷真才觉得有点印象。埃德蒙反叛事件那会儿，指挥大家构建出巨大结界的就是这名少女。

“雷真，她往这边来了。”

正如夜夜所说，奥加踩着凛然的步伐走到雷真跟前。

她挺起极有立体感的上半身，悠然地俯视着他，说道：

“那个叫‘倒数第二’的，是你吗？”

周围的人齐刷刷地朝这边看了过来，雷真带着无奈的心情，说道：

“今天的客人还真多啊。天下第一的学生总代表，找我这个差生有何贵干？”

“今晚，我想和你谈谈，就我们两个。”

饭堂里突然变得闹哄哄，就像马蜂窝被捅了一般。

“‘金色奥加’亲自指名啊！”“这算是学生总代表的夜晚邀约吗？”“怎么会这样……奥加姐姐！”

奥加完全不介意周围的嘈杂声，继续开口说道：

“等‘晚会’结束后再过来就行，反正也不用多长时间吧？”

“不……这得看对手是谁吧。”

“那也花不了多久。总之，晚点来也没关系。到时希望你能到这个地方来。”

奥加将一张卡片放到桌上。看样子是名片，背面还绘有地图。

然后，她也不等雷真的回应，直接优雅转身，离开了。那渐渐远去的飒爽英姿，不仅让男学生们都看呆了，连女学生们也不能幸免。

只有感到莫名其妙的雷真呆然地目送着她。

“这算……什么啊……”

夜夜突然把脸蛋凑过来，两眼湿润地仰望着他。

“雷真……你是嫌弃夜夜吗？”

“又说这种话。我不是说过吗，我没有嫌弃你啊。”

“呜呜……可是，你将来会嫌弃我的……”

“不会的。”

“你骗人……”

“我没有。”

“……就算夜夜把狐狸精都解决掉，你也不会嫌弃吗？”

“为什么要加上这个胡扯的条件？别闹了好吗？”

“真是的，你能不能有点自觉啊！那种把没必要突出的部位拼命突出的人，就是雷真的软肋啊！”

“……为什么说到这个就往我这边看？”

夏尔和夜夜的表情都突然变得阴森恐怖，还迸发出火花。雷真担心会波及自己，赶紧拉开椅子，与两名少女保持一段距离。

他一边喝着玻璃杯里的水，一边思考：

学生总代表找我做什么呢？

说起来，以前好像也有类似的情形。

刚到学院没多久那会儿，风纪委员的干部就曾在这个饭堂里跟他搭话。

——有种不祥的预感，而且能感觉到一种确切的违和感。

“那个叫‘倒数第二’的，是你吗？”

刚才奥加确实是这么说的，这句话让他很在意。

没错——这一点，确实不太像奥加。

“夏尔洛特小姐！请你放弃雷真吧！”

“该放弃的是你吧？我……我没什么需要放弃的呀！”

看着还在互瞪的夜夜和夏尔，雷真什么也没说，仰头喝完玻璃杯里的水。

同一时刻，洛基正在理工学院后方的树林里进行着精神统一的训练。

他像瑜伽行者般摆出盘坐的姿势，发动念动力驱使自己的身体浮在半空中。

他的搭档智天使则是变成大剑的形态，倚靠在附近的一棵树上，只留一对光点眼睛，一动不动地注视着洛基的举动。

突然，洛基的太阳穴跳了一下。

他用锐利的视线一扫，只见那树木的缝隙之间，闪过一个白色的影子。

那一抹柔美的缥缈，像是白色连衣裙的——

“索菲——”

洛基立刻冲了出去。智天使也赶紧变成机械天使，追了上去。

跑了差不多一百米之后，洛基停了下来，环顾了一下四周。

那气息消失了，他刚刚确实感受到一种令人怀念的气息。

不——那肯定是幻觉。

他很清楚，那是不可能的。

那女孩已经死了，是我亲手杀死的。

但是，刚刚那是怎么一回事？为什么事到如今还会看到那种东西？

这是什么预兆吗？还是说，是第六感捕捉到了什么？

“……是谁？”

洛基惊觉身后有别人的气息，于是瞬间移动了二十米的距离。

一名穿着围裙的少女大吃一惊，双腿一软跌坐在地。

洛基对这张脸有点印象。原来是夏尔的妹妹，安利。

“洛基……先生？”

洛基感到一阵失望，连他自己也觉得有点不可思议。

不是索菲亚——明明一开始就知道不可能是她。

“请问，发生什么事了吗……”

“……没事。”

洛基刚转过身，便听到了一声狗叫。

好几道喘气声正在靠近。往那边一看，洛基看见自己的姐姐斜坐在一头黑色狼犬身上出现了。她有一头珍珠一般的白发，眼珠与洛基一样，都是红色的。

算上狼犬拉比在内，他的姐姐一共带了十三条半机巧型“加姆”犬。

芙蕾从拉比身上滑下来，以小碎步跑过来，用带着责备的眼神看着洛基说道：

“唔……洛基，你把安利惹哭了。”

“什么……”

洛基一回头，安利急忙擦掉眼泪。

“不，不是的！我只是，有点吓到了……”

虽然脸上没有表现出来，但洛基内心有点手无足措。

这算……什么？是我的……责任吗？

“那个……抱歉。我好像……吓到你了。”

“啊，没有！该道歉的是我，是我太胆小了！”

安利也低头行了一礼。两人之间弥漫着一阵沉默的尴尬，让人难受极了。为了转换现场的气氛，洛基难得朝芙蕾丢出另一个话题：

“怎么了，你不是去给雷真送午饭了吗？”

他指了指挂在拉比身上的大篮子。芙蕾的表情立刻变得悲伤，肩膀也垂了下来。

“他，吃完了。说是在饭堂吃的……”

“你还是这么傻里傻气的。”

“呜……”芙蕾哭了。

“用，用不着这么失落吧？我不是在骂你啊。”

“啊，芙蕾小姐，要不和我一起用餐吧？”

听安利这么一说，芙蕾高兴得举高了篮子。

“嗯，一起吃吧。洛基也一起来，可以吗？”

“抱歉，我要回去训练——”

“唔，不行！”

芙蕾扣住他的手臂，微微一笑。

“来嘛……”

得寸进尺。但是，姐姐的笑容就是他的软肋。

于是三人与十三条狗开始享用午餐。“加姆”犬每天早晚都有专门调配的固体饲料供应，不过为了享受到主人的恩惠，十三条狗都乖乖坐着待命。

"好好吃！芙蕾小姐，你很会做饭呢！"

安利拿着三明治，发出一声赞叹。洛基则是半信半疑地将三明治送入口中。

很普通。和普通的菜肴一样好吃。或许是学习过了吧，至少已经没再往里面掺毒了。

品尝姐姐亲手做的料理——这是多么普通的一件事，但在稍早之前，洛基根本不敢想象。

洛基心里感到一阵舒畅。这真不像姐姐的作风，但是，感觉还不赖。

多么恬静的一刻。洛基享受着这种祥和，却有一种不知名的不安在他内心深处落下了阴影。

感觉又要发生些什么事了。

刚才感受到的气息，或许真的只是一种幻觉。

但是，让他看到那种幻觉总是有原因的吧。

恐怕，洛基的第六感已经感知到了。

对方故意让他以为那是索菲亚——这种想法是否太多疑了？

如果不是多疑，那么那些带来索菲亚气息的家伙——

难道他们在这附近秘密策划着什么？

这时，"加姆"犬一齐抬起头，竖起耳朵，鼻子一抽一抽地警惕着四周，仿佛在搜寻看不见的敌人。

"……它们是感觉到什么了吗？"

洛基转向姐姐，问道。芙蕾露出为难的表情，说：

"这段时间，这些孩子有点怪怪的。"

"它们发现了什么？你应该也有感觉吧？"

"唔……我不太确定。"

不知是不是因为没自信，芙蕾垂下视线，随后又望向安利。

安利有些不解地歪着脑袋。

“……那些人，又要来了。那些……自称骑士的人……”

洛基感觉到一阵冲击贯穿了整个身体。

魔法师果然是不幸的。优秀的魔法师的“错觉”“莫名预感”“不祥征兆”——

基本上，都会灵验的。

Chapter1◎女王的寝室

## 1

秋天的气息日益浓郁，皇家机巧学院进入了十月上旬。

雷真、洛基和芙蕾在“晚会”中一路过关斩将。

例如，在三天前的夜晚——

“喂，这一场胜负已定了吧？”

“胜负已定……他们还只是刚开始吧？”

在交战场地周围的观众席上，学生们正议论纷纷。

他们现在身处“圆形竞技场”，正因为这里形似古代的圆形剧场，所以才成为“晚会”的舞台。比起比赛重开那天，虽然人数不算多，但也有不少学生和镇上的名士蜂拥而来，观众席里被占了六成。

舞台上不断发生爆炸，冒起滚滚黑烟。

“劈了他！虎战车！”

来自大清国的留学生——刘，朝着附有车轮的自动人偶命令道。

他操纵的是一个形似老虎的自动人偶，虎口中伸出一段炮管。这门荷电粒子炮回转着，不断地吐出火球，简直就是一架移动炮台。

好厉害的火力。不仅灼烧着场内的空气，连观众席都能感受到那股热浪。

有那种武器，不管对手是谁，都会被单方面压着打。然而——

“你们看！‘倒数第二’一点损伤都没有！”

正如议论所言，雷真和夜夜从火焰之中毫发无伤地现身了。

这两个人没有任何损伤，仅仅是夜夜的和服袖子烧焦了些许而已。

“果然，单凭那种程度的攻击，根本无法打倒那家伙！”

“到底是谁给那小子取了个‘倒数第二’的代号啊！”

雷真半苦笑地听着观众席上的哀号，继续朝夜夜输送魔力。

“从后方上吧。吹呜八结！”

“好的！”

夜夜接受雷真的魔力之后，如同发射的子弹似地飞奔出去。

她快速地冲过整个舞台，画出一条弧线绕了一圈。

虎战车仿佛活虎一般，机敏一跳改变了方向。

“妄想包抄吗，休想得逞！”

“不，胜负已定了。”

虎战车刚一转身，雷真便出现在其正后方的半空中。

他迅速缩短了彼此的距离，速度比刘想象中更快。

雷真像陀螺一般快速旋转，扭着身子从斜上方猛力一踢。

虎战车翻着跟头被轰飞了，那身厚重的盔甲似乎还受得住这一踢，但是此时的夜夜已经跳到上空。

她像一枚陨石一样从高空直直坠落，凭这一击，虎战车彻底粉碎了。

“……我输了！”

刘不甘心地吐出这句话，随后才带着虚弱的微笑，将手套扔给雷真。

当雷真接住手套的一刹那，观众席便沸腾了。

"花了不少工夫呢。"

交战场之外，有人对雷真这么说道。

他一回头，就看到带着机械人偶智天使的洛基，和带着拉比的芙蕾站在那里。

他们都看到了刚刚那场交战。芙蕾"啪啪啪"地鼓掌表示祝贺，洛基却投来严厉的视线。

"只要一招下去，一开始就有八成胜算了，蠢货。"

"有意见的话你自己来啊！每天晚上都让我们上场！"

"这样的对手还没必要让我动手。"

"别拿我当热场选手使唤！稍微动一下好吗，懒家伙！"

"闭嘴，你个蠢货。你想先被我解决掉吗？"

"不要……吵架！"

芙蕾赶紧从中调停，雷真和洛基同时将头转向一旁。

第二天，对战者没有出现，到了第三天——也就是昨天。

与之前那一战的情况大相径庭，雷真陷入了意想不到的苦战。

"夜夜！下方！"

地面突然冒出尖锐的突起物，比这句提醒更快地飞了出去。

那是一个剑状的物体。夜夜刚与其交错而过，它又钻进地面了。那东西仿佛与舞台融为一体，那突起物钻进地面之后，舞台表面便恢复成原本的平整。

这应该是物理性质的"溶解"魔法吧？或者，是改变物体形态的魔法……

"试着确认一下吧。夜夜，森闲八冲！把它抓住！"

夜夜摆出架势，等待着时机。

没多久，那东西就从夜夜的脚边发起攻击！趁现在！

夜夜好不容易才躲过那把剑，接着勉强靠近抓住了它。

哪知刚一触碰，那剑就化成泡沫消失了。

“什么东西，肥皂泡泡？”

一堆像是肥皂泡泡的物体四散而飞，趁大家被分散心神之际，夜夜身后冒出了一把锤子。强烈的一击将夜夜整个人轰飞，连雷真都被一起卷走了。

后背屡遭重创，雷真不由得皱起了眉头。

“可恶，这对手真是麻烦……”

找不到剑的本体，也抓不到那魔法的真相。

昨天的对手并没有被打倒——因为，他根本没出现。要是没留神，说不定对手的援兵就会赶到。

必须抓紧时间……

正当雷真心里开始着急的时候，有人站到了他的身边。

——是洛基。智天使也悄无声息地降落到他身边。

“你就好好看着吧！看看现在的你，和我有多大差距——智天使！”

“I'm ready.”

智天使的翅膀里射出荆棘般的短剑，呈一条直线飞了过去。

交战场的角落一处接一处地插满短剑。一阵戳破泡泡的声响之后，唯有一个角落的空气发生了扭曲。不——那扭曲的空气，又恢复原样了！

原来那里潜伏着一个男学生，和一个形似螃蟹的自动人偶。

那螃蟹吐出的巨型泡泡，似乎可以扭曲可见光。

智天使的短剑再次浮上半空，没等对手做出反应，短剑便精准地贯穿了螃蟹的关节处，使其四分五裂了。

在这样的一击之下，魔法的效果似乎也就消除了。这时，交

战场上又出现了另一个自动人偶。这个人偶身上捆着无数武器，有剑，有枪，还有斧头和锤子，是一个重装武器型的自动人偶。看来是着重于格斗战，擅长直接攻击吧。

“这两个人……原来是联手了啊！”

据他观察，他们是依靠螃蟹的魔法隐身，然后让另一个人偶发起攻击——

原本以为对手只有一个，所以怎么也找不到魔法的来源，没法掌握对方的真相。这种在实战中绝对不会有的疏忽，竟在不知不觉中出现了。

既然手段已经暴露，那么胜负也一目了然了。

智天使将板状零件一一合并，变成大剑形态。

大剑全身裹着火焰，旋转着将那个武装人偶一刀两断。

仅仅几分钟，洛基就破坏了两个自动人偶。

他转头看向雷真：

“这就是我和你之间的差距。”

“有什么好得意的！要是我也知道他们是两个人——”

“凭你现在的能耐，是察觉不到的。”

雷真闭口不语。虽然不甘心，但洛基说得没错。

“直觉越是准的人，就越难发现思考的死角。你好歹注意一下吧。”

丢下这么一句冷言冷语之后，洛基朝站在交战场一角的芙蕾走去。

“洛基……你希望，雷真变得更强吗？”

“……说的是什么话，你这个笨蛋姐姐。你是用哪个脑子才会想到那方面去的？”

“因为，你刚刚给雷真提了建议……”

“我只是看着觉得着急罢了。别说这些蠢话了！”

洛基吐出这句话，一脸不高兴地撇开了脸。

看着这副模样的弟弟，芙蕾却高兴地露出了微笑。

然后，到了今晚——

还没进入交战场，洛基和雷真就在大门口争论起来。

“我听说了，你这家伙居然拒绝了魔王的邀请。”

“夏尔那家伙……挑谁不好，偏偏告诉了这个人……”

“居然拒绝魔王的课程，真是蠢到绝顶了。你到底是为了什么才进入这个学院的啊。”

“我是经过深思熟虑的，看不懂的笨蛋就给我闭嘴！”

“你才是笨蛋。我既谦虚又宽容，唯独无法容许三件事：一是听不懂人话的蠢蛋；二是说不通道理的蠢蛋；三是动不动就顶嘴的蠢蛋！”

“这三个都是在说我对吧！这些话，我原封不动地还给你！”

在一旁听着这些话的夜夜，无奈地叹了一口气。

“两个都半斤八两……啊，芙蕾小姐回来了。”

如她所说，芙蕾正踩着碎步跑过来。

“哟，芙蕾。你刚刚去过交战场了吧？”

“嗯……我去了。”

“今天的对手怎么样？还没来吗？”

“赢了……”

芙蕾的脸颊微微涨红，自豪地说道。狼犬拉比也得意扬扬地甩着尾巴。

单凭一人一犬之力，转眼间就打倒了对手。

“真的吗？你什么时候……我说，这也太厉害了。”

“哼。果然注意力不够集中。我早就发现了。”

“啰唆！既然发现了就去帮忙啊！”

“总之你没有资格来评论我怎么做。一到关键时刻，芙蕾连‘十三人’都应付得来。一对一对付这种级别的家伙，怎么可能会输。”

“……你什么意思啊？不对，那是……”

再怎么说也太夸张了吧。

雷真重新对芙蕾审视一番。芙蕾脸上露出疑惑的神情，很可爱地歪着脑袋。绑在脑袋一边的那束头发也随着这个举动，在她胸前晃来晃去。

确实，芙蕾的能力提升了。就算只是这样面对面也能感觉到她的进步。但若是与洛基或夏尔做比较——

（原来如此，芙蕾果然是——）

她果然藏着一个强大的绝招。这两个月的暑假，让她学到了一张王牌。

如果真是这样——

“你在发什么呆？我们今天还有待命的义务，赶紧去完成这个任务吧，吊车尾笨蛋！”

“我和你只相差一位好吗，第九十九名笨蛋！”

雷真一边和洛基对骂，一边带着夜夜走向交战场。

他们必须在这舞台上消磨一个小时的时间。

突然，他注意到洛基的样子很奇怪。

雷真发现洛基正直直地瞪着自己，一副仿佛要杀过来的样子。隐隐感觉到一股杀气……不，是攻击的冲动，让他不由得起了一身鸡皮疙瘩。

观众席上的看客已经准备离席了。他们很清楚，雷真和洛基是不会在交战场上对打的。

如果打算阻止这三个人的进击，或许只能等到“十三人”登场吧？

在这种氛围的笼罩下——这一天晚上，排名第四十位的“手套持有者”离场了。

## 2

完成一个小时的“战场待命义务”后，雷真和洛基便分开了。

此时大约是晚上九点。雷真走在平坦的小路上，前往学院中心。夜夜发现这不是回宿舍的路，心情立刻变差了。

“雷真……你果然……要去找那狐狸精吗……嘤嘤嘤。”

“嗯，算是吧。”

听到这有气无力的回答，夜夜也忘记了嫉妒，一脸担心地看向主人。

“发生什么事了吗，雷真？是不是在担心什么？”

“洛基那家伙不是说了吗？芙蕾连‘十三人’都应付得来。”

“是啊。那又怎样呢？”

“洛基绝对不是那种夸大的人，他是当真这么认为的。如果芙蕾真的在这么短的时间里获得这种实力……”

“很难想象这是特训的成果。难道是借用某种机巧——啊！”

看来夜夜也发现了。雷真点着头，说道：

“他们的心脏是可以增强魔力的机巧装置。说不定他们学到了可以充分运用这个装置的方法，和之前的方式完全不同。”

“……不仅芙蕾小姐，连洛基先生也学会了吗？”

雷真叹了一口气，再次点头。

参加“晚会”的人当中，芙蕾的实力原本是排名相当靠后的。如果不是因为洛基的自动降级和雷真的加入，她本来应该排名第一百位。

那个让芙蕾强化到足以应付“十三人”的“某物”。

如果那个“某物”也适用于洛基……

那么洛基的实力到底能提升到什么水平？

“……光在这里思考也没辙。总之，先去见一下那个学生总代表吧。”

说着他加快了脚步。夜夜无精打采地踢着小石子，但还是乖乖地跟着走。

雷真一边走还一边确认奥加的名片。地图上所显示的地点，倒是让人有点意外。

“仔细一看，这地点不是格丽福女宿舍楼吗？”

“真是太好了呢，雷真……可以在这个时候进入‘男生止步’的女宿舍楼……”

“眼睛别瞪这么大好吗？再说了，她们舍监会让我进去吗？”

就算不给进，他还是得去。穿过整修过的小路之后，便看到一栋雅致的三层建筑，而且每扇窗户里都亮着灯。

一想到夏尔、安利和芙蕾都寄宿在这栋楼里，雷真的心情莫名有些不沉着了。敏感的夜夜有所察觉地仰望着他，似乎想说些什么。雷真赶紧逃避似地推开大门，走了进去。

他向那位感觉挺和蔼的舍监老师说明了情况。

一搬出奥加的名字，舍监竟然没有像以前那样用一句“男生止步”反驳，而是轻易放行了。看来学生总代表这个职称所拥有的权力，远远超乎雷真的想象。

奥加的房间在三楼最里面，是一个将两个房间打通后的大房。

这明显是一项特殊待遇，甚至还配备了专属女仆。

“欢迎光临，劳烦您跑一趟了。”

女仆站在门前，礼貌地寒暄道。那魔力的气息感觉像是人类，但说不定是一个超级精密的自动人偶，不仅眼神犀利，还散发着一种危险的气场。

女仆打开房门，将雷真领进房间。

进门的地方就是会客厅兼书房，房里摆放着结实厚重的书架，上面整整齐齐地排列着参考书。右边墙壁上还有一扇门，是通往隔壁房间的。

“随行的自动人偶请在此等候。请您单独进去吧。”

“欸——夜夜要和雷真一起去！”

“奥加小姐身边没有自动人偶，还请您理解这一点。”

“请您理解”——这意思是根本不打算让步了。

“没办法了。就算是武士，接见客人的时候也是得卸下武器的。”

雷真耸耸肩，对着夜夜安慰道。就算有个万一，凭雷真的魔力至少能打穿这一面墙壁，让夜夜启动“金刚力”的吧。

“可是，没有夜夜在身边的话，雷真会……”

“事先说明哦，我可没打算做什么奇怪的举动。”

“还事先特意说明，真是可疑……”夜夜嘀咕着。

“哪里可疑了！我只是来学习的！”

夜夜不情不愿地退开，听从吩咐坐到沙发上。

穿过女仆打开的房门，雷真来到里面的房间。

这个房间十分豪华，而雷真被强制分配过去的托塔斯宿舍楼根本无法与之相比。

缀着吊饰的睡床，宽敞舒适的沙发，魔法道具的照明，还有

一个大壁橱。

比起夏尔的房间，这里还要高级一些。雷真有点畏缩，踩着柔软的地毯走到房间中心。

而房间的主人正坐在床上擦头发。

“以这种打扮见面，真是不好意思。我刚好洗完澡。”

奥加穿着浴衣，浑身散发着刚出浴的香味。雷真瞥见她这副模样，涨红了脸。

“你很介意我这个样子吗？那我还是换上睡衣吧。”

“随便你——慢着慢着慢着！”

奥加一脸呆然地停下了手上的动作——此时她正从壁橱里拿出一件半透明的单薄睡衣。

“这哪里是睡衣了，根本是内衣吧？”

“可是，我平常就是穿着这个睡觉的呀。”

“谁管你平常穿什么，你就这样待着！”

“没想到你那么纯情呢。之前听说你挺会玩弄女人的。”

“那是深受流言所害好吗？我都想告他们损坏名誉了。”

就在他们对话期间，女仆已经将饮料端上来了。

奥加以视线示意，雷真便顺从地坐到沙发上。

女仆狠狠地放下茶杯，滚烫的红茶飞溅出来，仿佛瞄准了一般扑向雷真的脸。但女仆并没有为这个失礼举动道歉，反而冷着一张脸瞪了雷真一眼，然后才退出了房间。

雷真用手背擦了擦脸，说道：

“说吧，天下第一的学生总代表，找我有什么事？”

“我不是说了吗，想跟你谈谈。我对你很有兴趣。”

奥加慢悠悠地迈出脚步，绕到雷真身后。

“当初刚刚插班进来的你向‘暴龙’发起挑战时，谁能预想事态会演变成这样呢。各国挑选出来的精英们，在‘晚会’舞台上竟会被当成小孩那般要弄。”

见雷真不说话，奥加呵呵一笑，在他身边坐下了。

她一靠近，那股香味就越发明显。雷真拉回有些动摇的理性，假装很平静的样子。

“你说得太夸张了。事实上，被当成小孩子耍弄的是我，一直被洛基耍着玩。”

“以当时的情况看，确实如此。不过现在，他也认可你的能力了。”

奥加进一步挺腰，几乎将整个身体都压向雷真。雷真拼命地克制自己，说：

“你真够啰唆的。到底找我有什么事？我什么地方让你那么感兴趣了？”

“如果我说——是这种兴趣呢？”

说着，奥加便倚靠过去。

## 3

就在这个夜晚，西格蒙特爬上了格丽福女宿舍楼的屋顶赏月。

虽然吹来的夜风有些寒冷，但对于生在北国的西格蒙特来说这凉意正舒爽。

“……月亮还是一点也没变啊。”

看着淡淡月光的眼睛微眯着，不经意间，它想起了一个令人怀念的声音。

“龙，你叫什么名字？”

遇见她的时候，差不多就是现在这样的时节。不过那是一百

多年以前的事了。

她从正面仰望着巨龙，毫不畏惧地笑问道。

“我是爱伦·比劳，流浪骑士。”

“……在产业革命的时代里，‘流浪骑士’的称谓是走错时代了吧。”

“是吗？我觉得‘魔山暴龙’也和这时代差了很远。”

她露出一个真诚且耀眼的笑容。

西格蒙特苦笑了一下。真是怪了，它只是一个被制造出来的玩意儿，却像人类一样怀念过去，甚至觉得怜爱。

而打破这段回想的，是一股暗黑恐怖的魔力。

一阵黑风刮过，还没来得及想清楚那是什么，魔力就消失了。

紧接着，另一种感觉袭击了西格蒙特——与刚刚的恶寒完全不同。

这种感觉，仿佛有人在呼唤着它——

就在这附近，与我很相似的东西。

一个影子快速地滑翔而过，扑扇着翅膀，降落在宿舍楼的尖塔上。

“哟，兄弟。”

那个小小的身影背对着明月，朝它这方俯视。

覆盖其全身的红色鳞片，闪着金属的光泽。两对翅膀，发达的尖角，还有那“幼龙”形态的模样，怎么看都与西格蒙特一模一样。

突如其来的重逢，让西格蒙特有些震惊。它露出亲昵的微笑，说道：

“你这张脸真叫人怀念啊，托尔。”

“彼此彼此。一眨眼，有七十年没见了吧？”

“七十二年了。”

“你还是老样子，那么在意细节。”

西格蒙特呵呵地笑了。接着，红色幼龙像猫头鹰一样扭着脑袋，说：

“那人叫什么来着——对了，比劳。你还是被比劳养着吗？”

“什么叫‘被养着’，这说法听着怪怪的。我喜欢被她养着。”

“我听说了，比劳家没落了，现在没房没地的，很贫困吧？是不是很少有肉吃？”

“真想吃肉的话我可以自己去捕猎，例如小鸟之类的。”

“这个不错！天下第一的‘魔剑’竟做一些捕鸟的活儿！”

红色幼龙轻蔑地笑道。但奇怪的是，西格蒙特并不生气，而是心平气和地仰望那位有点没规矩的兄弟，说道：

“当初落魄时，夏尔原本可以选择把我卖掉的。”

“说什么蠢话呢，怎么可以卖掉啊！我们可是‘魔剑’啊。有我们在手，金钱和名誉要多少有多少。”

“这个倒不好说。但不管怎么说，我家主人不会做出贱卖‘家人’的事。所以，我也想成为她的‘家人’——仅此而已。”

“……这倒是有趣。”

红色幼龙眯起宝石一般的眼睛，狰狞一笑。

“那你就万事小心吧，兄弟。‘魔剑’诞生以来过了一百五十年，原有的七把‘魔剑’现在也只剩三把了。先死的都是那些喜欢上主人的。”

“我会当心的，也祈祷你早日找到一位好主人。”

“你这老好人的性格还是没变……算了，能在这里见上一面也是咱们兄弟的缘分，我就免费送你一个情报吧。”

“情报？听听看吧。”

“那家伙，已经来到这镇上了。‘第三十七位伟大侯爵’‘永生者’‘唯一一个扛得住穆斯贝尔海姆（注：北欧神话中的火之国）之炎的人’——其称呼各种花样都有，不过魔法师们对他评价很高。”

“你是说……‘代号PX’？”

“我想那家伙应该打不过魔剑，但凡事还是小心为上。”

西格蒙特的大脑闪过一个直觉——它想不通对方准备了这样一个自动人偶的用意何在。该不会是想袭击夏尔吧？

“……多谢你这个，宝贵的情报。”

“我自己也有点私事要处理，会暂时留在这镇上。有机会再见吧。”

说完，红色幼龙张开翅膀，用力一蹬尖塔，飞走了。

西格蒙特目送那背影远去——突然，它转头看向正下方，有个少女正从窗口探出了脑袋。

少女穿着睡衣，一脸不安地眺望着，是夏尔。

西格蒙特用力一蹬屋顶，扑扇着翅膀飞下来。

一发现西格蒙特，夏尔便扬起眉毛，怒吼道：

“西格蒙特！你跑哪儿去了？小心我把你午餐的鸡肉换成生麦！我不是经常跟你说不要擅自跑出去吗？”

“夏尔啊，我明白你的心情，但你太大声了，会吵醒安利的。”

夏尔一惊，捂住了嘴——安利正睡在房里的床上。

或许是因为心情难以平复，夏尔搂住西格蒙特，抱得紧紧的，仿佛不想放它逃走。西格蒙特苦笑了一下，随她去了。

夏尔不肯回到床上，在窗边抱着西格蒙特待了好一会儿。

“夏尔啊，中午那件事，你不必太在意。”

“我……我并没有在意什么事啊。”

“你不是因为在意魔王说的那些话，才睡不着觉的吗？”

“……真是瞒不住你。”

“你刚生下来的时候，是我代替你的父亲给你洗澡的。”

“不要再说这件事了。那是因为父亲一看到血就晕倒了。”

“你是名列‘十三人’中的才女，完全够资格使唤‘魔剑’。”

“……但是,如果是由威斯顿教授来使唤你,情况会如何呢？”

西格蒙特沉默了。

夏尔垂下脑袋，说道：

“‘魔剑’是传说级的魔法回路。若是由适当的人使唤，说不定能够战胜马格纳斯。至少，现在的我……根本无法与马格纳斯抗衡。”

雷真刚到学院没多久时，曾与马格纳斯有过一次战斗一触即发的场面。

当时，夏尔和西格蒙特都亲眼看见了马格纳斯的实力。如果现在迎面碰上他，夏尔绝对没有胜算。这是毋庸置疑的。然而——

“不用着急。人类需要二十年，而老鼠只要两个月。”

“……什么？”

“我是说，要变得成熟的话需要经过这么长的岁月。”

“我的成长可没有老鼠那么简单！”

见夏尔发怒了，西格蒙特开始谆谆教诲：

“我在比劳家也待了一百多年了。比劳家每一代人所用的人偶都各不相同，也有一些小时了了，大未必佳的人。相对的，也有一些人小时候很平凡，但经过五十年之后反而获得了名声。”

“你是指伯公和曾祖父吧？”

“嗯。就算和他们相比，你的聪明才智也是相当出色的，你的实力再过不久会有所提高的。”

西格蒙特原本是想鼓励一下夏尔的，但她听完后反而露出悲

伤的眼神。

“‘再过不久’就太迟了。我现在就想变强——唔！”

“夏尔，怎么了？”

夏尔突然丢掉西格蒙特，就地蹲了下来。

不到一眨眼的工夫，夏尔就像溶解于空气中一般消失了。

“啪沙”一声轻响，夏尔的连身睡裙掉落在地。

## 4

奥加一使劲，雷真便轻易被推倒了。

看来是因为对方没有杀气，让雷真有些大意了。没错，是他大意了。不是因为他觉得那柔软的身体触感很好而失了神，绝对不是。

还没干透的金发掠着雷真的鼻尖，奥加撩起长发，将那艺术品一般的漂亮脸蛋凑了过来。雷真拼命抑制暴走的本能，在那粉色唇瓣碰到自己之前，冷漠地开口道：

“不要演戏了，爱丽丝。”

奥加的动作戛然而止。

“你真是不知好歹呢，雷真·赤羽，居然用其他女孩的名字来叫我——”

“我就觉得你应该不会死。刚刚那个女仆是辛格吧？”

奥加叹了一口气。

然后她就像变了一个人似的，脸上浮现一个不以为然的笑容：

“真是厉害。你怎么看出是我的，难道是因为这诱惑的手法太像我的风格？还是说，你认得我的身体？”

“不是！在更早之前——你一开始跟我说话的时候，我就觉得不对劲了。”

“一开始？刚进入这个房间的时候吗？”

“是中午，在饭堂见面的时候。”

“……你开玩笑的吧？”

“你一上来就问，‘那个叫倒数第二的，是你吗’，对吧？”

“确实问过。”

“听那口气，好像你并不认得我的脸。”

闻言，爱丽丝才意识到自己的破绽。

“原来如此。奥加那么优秀，当然记得所有学生的脸。更何况你还是‘晚会’的参加者——真正的奥加绝对不可能不认得你的脸。”

奥加苦笑着，身形开始变得模糊不清，五官也从下往上变成了另一张熟悉的脸。

一头仿佛是由铂金拉长而成的银色发丝，身材则比奥加纤细一些。

雷真注视着爱丽丝的眼睛，微笑着说道：

“虽然有很多抱怨的话想说——不过，你能活着就好。”

“……我改变想法了。或许我死了更好。”

“事情已经暴露了，还不赶紧从我身上下——”

话刚说到一半，雷真的嘴巴就被堵住了。

足足三秒。不，或许更久。

“你，你，你……做什么呢！突然来这么一下！”

“刚刚还一副游刃有余的样子，一旦来真的，你还是会动摇的嘛。”

爱丽丝喜滋滋地笑道，带点绯红的脸蛋看起来很有魅力。

“我也会不好意思的，这可是我的第一次。”

“别说了，走开！小心我把你推下地！”

“好好好——照片都拍好了吧，辛格？”

雷真猛地跳起来。

那名女仆就站在房门前，手上还有一部相机。

“当然拍好了。为了给大小姐作为他用，我还多拍了一张。”

“OK，辛格。我待会儿再感动一下。”

“混蛋！你们算计我！”

雷真正想朝辛格飞扑过去，但是——

“慢着，雷真。不然我可要喊喽？”

一听到爱丽丝这么说，雷真便不敢动弹了。

“要是被舍监和学生们——尤其是你那位可爱的搭档知道了，你会很为难的吧？”

雷真冒出一身冷汗——她说得没错，门的另一端有一个杀人魔啊！

爱丽丝笑得像个小恶魔一般，把雷真拉到自己身边坐下。

“我们心平气和地谈谈嘛。别怕，我不会提任何与你计划相悖的要求，只是希望你也稍微听听我的请求。”

“我拒绝！”

“真的要拒绝吗？那我可要马上冲洗照片，拿给你的搭档看看哦。”

“别小瞧我的搭档。她不会上那种当的……”

其实他非常明白，夜夜会对此产生多大的误解。

到头来，还是雷真做了大幅度的让步。

“我……我并不打算照你说的去做，只是，姑且听听你怎么说罢了。”

“怕什么，只是一件很简单的事。”

雷真有些厌烦了。拍下那种照片做前提，怎么可能是一件简单的事。

“我希望你和我定下‘婚约’。”

雷真花了好几秒才理解她说的意思。

“……婚约？和你？”

“和奥加·萨拉丁。不过，和你结为夫妇的人是我。这条件不差吧？”

“别以为这样的条件就能让我上钩！”

“这是很重要的条件啊。”

“这已经够我痛苦了！”

“你觉得如何？”

爱丽丝目不转睛地看过来。

一听到婚约，雷真的脑袋里首先浮现的是夜夜的脸——

想象中的她，正在瞪着一双漆黑的大眼，狠狠地掐住雷真的脖子。

雷真用力甩了甩头，将夜夜的形象从脑海中驱赶出去。接下来又浮现出父母曾为他定下的未婚妻的脸。

那个拥有清秀且温和的笑容，娴雅又凛然的美貌，仿佛一株白菊的少女，简直就是一名天生的“公主”。

“日轮对雷真少爷十分仰慕，这份心意终生不变。”

少女曾经手抚雷真的胸膛，这么说道。

“所以，希望雷真少爷的心里——能为日轮留个位置。”

想到这里，雷真决定了。

“我拒绝。”

“哦？真的要拒绝吗？”

“和你订婚什么的，还是算了吧。”

出乎意料的是，爱丽丝竟轻易退开，转过身子。

看到她脸上挂着泪珠，雷真大吃一惊，有些手足无措。

“喂喂，慢着！你这是哪一招啊？”

“你太过分了，雷真。人家一个女孩拿出勇气向你求婚呢，而你却用那种话来拒绝。”

说着，她还捂着嘴发出“嘤嘤嘤”的哭声，一副接受不了的模样。

“喂，等等！你别假哭好吗！你根本没拿出什么勇气啊！而且，你那样不叫求婚，简直是威胁好吗！”

“嗯，你说得也是。”

爱丽丝回过头，脸上若无其事。原来她真的是在假哭！

紧接着，她呵呵一笑，露出令人毛骨悚然的表情，说道：

“明天再回答我也行。给你一个晚上的时间去考虑一下。”

“……免了，多此一举。”

“你不用急着回答。反正你早就是我的人了。正所谓射人先射马——这是东洋的谚语吧？”

爱丽丝说着，还抛出一记意味深长的眼神。虽然很不甘心，但不得不说那神情还挺魅惑的。雷真的视线也自然而然地往她的嘴唇看去。

一想到刚才的触感，雷真有些坐立不安了。于是，他着急地站起身，像是被女仆的杀气逼迫似地，逃出了奥加的房间。

## 5

离开女宿舍楼之后，雷真来到托塔斯楼附近的树林里，进行了将近三个小时的自主训练。直到天快亮的时候，夜夜气呼呼地冲了过来。

“真是的，雷真！你有没有听到夜夜说的？”

雷真的后背被狠狠撞了一下，猛地往前一倒。

“……抱歉，你说了什么事来着？”

“就是雷真之前钻到夜夜的被窝里逼婚的事啊。”

“我没做过这种事！你别随便捏造好吗！”

“雷真……刚刚你和那狐狸精发生过什么事，对吧？”

雷真突然感到惊吓，所有意识都集中到嘴唇上了。但他还是当即否认：

“什么事都……没有啊。没什么事值得你在意……的。”

“你的视线在飘……”

再被追问下去的话一定会露馅的。雷真决定结束训练，先回宿舍再说。

他一边快步走着，一边回想着爱丽丝的话。

“反正你早就是我的人了。”

那句话，究竟是什么意思呢？

他感到心里有些躁动不安。

这件事到底有什么陷阱？如果真有陷阱，会是什么呢……

他一边沉思，一边走出树林。

淡淡的月光中，那栋老旧的托塔斯楼隐隐若现。

在那大门前，他看到了一个男宿舍楼里不该出现的身影。

那是一名少女——在这种时候，那里居然站着一名身穿校服的少女。

一时之间，雷真还以为那人是夏尔。因为那背影与夏尔十分相像，肩膀上也站着一条幼龙。

只不过，魔力的气场就完全不同了。与夏尔相比，这名少女的魔力显得过于平庸了。

凭这一点，雷真认出了少女——是夏尔的妹妹，安利。

穿着夏季校服的安利，正躲在大门旁边的阴影处。这个时候还跑来男宿舍楼，看来是发生了非比寻常的情况。雷真急忙跑过去，轻轻叫了一句：

“安利，怎么了？”

“雷真同学！那个，不好了！在我发现的时候，那个——女仆的衣服已经拿去清洗了，然后我急着跑过来——”

“冷静一点，安利。”

西格蒙特沉声说道，并用嘴巴戳了戳安利的手臂。

“与其解释，不如直接给他看看。”

“……说得也对。谢谢你，西格蒙特。”

安利像掬水一般小心翼翼地伸出两只手。

“那个……姐姐出大事了。”

“啊？夏尔出事了？”

听说夏尔出事了，可雷真根本没看到她的身影。他有点摸不清状况，但姑且还是把视线转移到安利手中。

只见安利手上捧着一条揉成一团的手帕。

不，不是揉成一团，而是卷起来的一团。似乎有个小小的人偶正裹在那手帕底下。

那沐浴在月光中闪闪发光的是—— 一缕金发！

“这是什么？精灵吗……”

“雷真！这个是——”

夜夜倒是先发现了什么，发出一声小小的惊呼。

“是夏尔洛特小姐！”

“……啊？”

雷真顿了一下才发出声音——过了一瞬间之后，他才吓得往后一仰。

安利手中捧着的，确实是人偶一般大小的——夏尔。

## 1

时间回溯少许，傍晚时分，“晚会”即将开始之前——

洛基带着智天使走出了拉斐尔男宿舍楼，前往圆形剧场。

在贯通学院南北侧的主要干道上，他们一路往南走。刚路过中央饭堂时，发现了一个貌似在等人的女学生。

那是学生总代表，奥加·萨拉丁。她穿着执行部工作人员专用的白色礼服，浑身有一种光彩夺目的气场，并且散发着某种威严。

“等一下，‘剑帝’洛基。”

那是对谁都一视同仁的“金色奥加”的微笑。

洛基还是第一次这么近距离地看到她。对于她的优雅做派，洛基显得有点懦怯。

“我有话想跟你说。能不能腾出点时间？”

“抱歉，我正要去参加‘晚会’。”

“那就边走边说吧，是关于雷真·赤羽的事。”

闻言，洛基的眉毛一挑。

奥加似乎很高兴看到这一点变化，微微眯起了眼睛。

“你为什么不和他对战？”

她一上来就直捣黄龙地问。

“学生们都在说，你和他是‘同伴’。但是，

应该不是这样吧？至少你对他，是有敌意的。不——应该说，你是畏惧他的，对吧？”

（畏惧？）

如果是稍早前的洛基，或许会怒上心头。

但是现在，他内心竟萌生了一丝从容，能对奥加的话一笑置之。

“你可别生气啊。但是，你应该比谁都认可雷真的实力，也认为他是阻碍你前进的强敌。那么，你为什么不去打败他呢？”

“这不关你的事。”

“我来猜一猜吧。因为你想在单打独斗中打赢他。”

“你是什么意思？”

“以你现在的能力，会偷鸡不成蚀把米，所以才需要姐姐的助攻，对吧？”

“……哼，随你怎么说。”

“再这样下去也行吗？或许你是想利用他，但是他每经历一次战斗，力量就会增进——以超越你的速度。”

洛基突然停下了脚步，微微一笑反击道：

“你再怎么煽动我也是白费力气。我才想问你呢，为什么要让我们两个对战？”

“不受挑拨吗……真难对付呢。”

奥加轻轻抬起双手，做了一个投降的姿势。

“我的职位隶属于执行部，立场复杂得很，总是被人要求去多管闲事。你和雷真联手的话，‘晚会’就变得很无趣吧？”

“嚯，原来是设了赌局啊。有钱人真是爱显摆。”

“伦敦的赌马经营者最近太忙了。接下来兜售的那些，得

大幅度地调整赔率呢。”

她撩起一头蜂蜜色的金发，貌似放弃地往回走。

“可以的话，我还是希望你能和雷真打一场——不过也不会勉强你就是了。毕竟朋友是无可取代的嘛，但愿你今晚的比赛也能取得佳绩。”

“等一下！你说我和那家伙是朋友？我和他——”

这次轮到奥加不配合了，挥了挥手扬长而去。

那优雅的举止简直让人火大。色彩鲜艳的行道树下，那道离去的背影犹如一幅画。

洛基瞪着远去的奥加，花了好一会儿才压抑了往上涌的焦躁感。

智天使则是用那对光斑似的眼睛，不可思议地注视着自己的主人。

## 2

雷真蹑手蹑脚地爬上楼梯，把安利领进自己的房间。

屋里还是一派破旧不堪的景象，不过多亏夜夜彻底地打扫过一番，还显得挺干净的。

夜夜正在一楼的门口处给硝子打电话，所以现在待在这房间里的只有雷真、安利、西格蒙特，以及小小的夏尔。

雷真重新转身面对安利，略带兴奋地说：

“说吧，这个人真的是夏尔吗？”

他指着安利手里的那个玩意儿。体型像一只小老鼠似的夏尔正一脸不爽地双手环胸，狠狠地瞪着雷真。

“该不会是做得一模一样的迷你自动人偶，或是幻术之类的东西吧？”

“才不是！没礼貌！唉，你那双眼睛是木板上的节孔吗，还是奶酪上的洞洞？”

缩小版的夏尔的声音很小，波长也高。不过只要靠近一点听，还是能够勉强听懂她的话，就像雏鸟的鸣啭一般。

安利一脸不知所措的样子，俯视着姐姐那过于小巧的脑袋。

“她就是姐姐……西格蒙特看见她变小的瞬间了。”

“那么到底是怎么回事，是魔法吗？”

雷真转而面向西格蒙特。西格蒙特则轻巧地上下移动了一下脑袋。

“是消去法。不是魔法的话哪能变成这样？”

“既然是魔法，用别的魔法覆盖不就能解除了吗？”

这是基于魔活性不协调原理的反向思维。然而，夏尔摇头否定了：

“早就试过了。可是行不通。我的魔力完全稳定不下来，无法顺利施展……而安利的魔法又起不了作用。”

“交给我吧。用我的新招式，把所有魔力都打到你身体里。”

“慢着，雷真。不要用外行人的想法乱来。”

西格蒙特飞上雷真的肩膀，以慎重的声音制止道。

“从效果的程度来看，应该不是普通的现代魔法，感觉更像是仪式魔法。”

“仪式……那是很久以前的了？”

“在不清楚术式的情况下，施展其他魔法实在太危险了。如果两种魔法能够互相抵消倒还好，可万一搞砸了，可能会对夏尔的身体造成反作用。”

“……你说的反作用是指？”

“比如说……这个效果变成了‘永久性’(permanent)——之类的。魔法效果一旦被固定了，就会变成‘自然’(default)状态了。”

“也就是说，没办法变回原来的样子了？”

“我是说有这个可能。古老的魔法里确实存在这样的风险。”

雷真不想冒这个风险，于是放弃了蛮干的想法。

安利不安地凝视着姐姐。夏尔还是保持着一贯的强势面孔，但还是看得出她在微微颤抖。

“总之先到执行部去吧。说不定是‘晚会’参赛者来干扰我们的。”

“不行啦！”

夏尔立刻反对道。

“那里有很多恨我的人。要是让他们知道我现在变成这种状态……”

“我不会让他们对你做什么的。”

“别说得那么简单！而且……你……太逊了……啦。”

原来如此，夏尔的自尊心高于常人。她总是自命为一流的魔法师，或许是不想让别人知道自己轻易中了别人的魔法这件事吧。

“那就去医务室吧？先让医生诊断一下——”

“绝对不去！”

这次的抵抗更厉害。面对夏尔出乎意料的愤怒，安利和雷真都不知所措。

“我绝对不给克鲁艾尔医生诊断！那个变态！”

“这个……虽然那个医生为人不怎么样，但医术还是蛮好的哦。”

“雷真啊，夏尔说的不是他的医术。夏尔刚入学的时候，就往那个医生的两腿之间狠狠地踹了一下。”

说起来，之前克鲁艾尔一见到夏尔，走路就变成了内八字。

“所以绝对不能给那个医生看病！谁知道他会不会打着诊断的名义动什么手脚！”

“喂，这样的话事情就完全无法解决啊。去‘晚会’执行部又不行，去医务室也不肯。”

“所以说，就靠我们几个解决嘛！”

“你这是强人所难……”

正当雷真为难之际，房门“吱呀”一声开了。是夜夜回来了。

“哦，夜夜。硝子小姐说什么了？”

“是。她说，估计这是一种‘诅咒’或‘黑魔法’之类的。”

“结论和西格蒙特说的一样。然后呢？”

“硝子说，‘诅咒我不在行’。”

“……果然。”

在机巧魔法被系统化之前——中世纪前的魔法都是谜团重重的。听说还有很多失传的秘术，而且各个地方的形式也大相径庭，必须咨询专家才能得知一二。

原本一直不出声的安利，怯生生地开口道：

“那个……请金波莉老师看一下怎么样？”

“没错。我刚刚也想到只有这个办法了。”

“不要！我不想再欠金波莉老师的人情了！”

果不其然，夏尔还是反对了。雷真忍不住怒道：

“不要任性了！也不想想这都是为了谁啊！”

“干吗啦！这点小事算什么！谁叫你把我的防御……”

“你的什么……防御什么？”

“没没没什么啦！变态——”

门上突然传来粗鲁的敲门声，众人顿时一阵紧张。

“喂，雷真！刚刚好像听到谈话声了！你小子该不会把女孩带到屋里了吧？”

舍监好像刺探到什么情况了。雷真赶紧开口道：

“对不起！是夜夜又在闹腾而已啦！”

受到冲击的夜夜泪眼婆娑地抽泣道：

“雷真好过分……居然这样利用夜夜。”

“啊，抱歉！不过，你想想，平常你的言行举止就很——”

“雷真你这个笨蛋……嘤嘤嘤……”

“无情的男人。差劲的变态混账。女人的敌人。”

“还不都是因为你！”

“喂，雷真！”

“没什么啦！”

在这样的闹剧中，夜色渐渐深沉了——

## 3

“夏尔啊，该醒了。”

感觉到床铺一阵晃动，夏尔睁开了双眼。

原本以为是床铺的地方，居然是西格蒙特的身体。为了不让自己小小的身体冻僵，她是紧挨着西格蒙特睡觉的。

“感觉还没睡够呢……”

夏尔才打了一个呵欠，雷真那张巨大的脸突然塞满了她的视野。

“哟，夏尔。看你一直没醒，还挺担心的。”

被他看到刚睡醒的脸了，还有刚刚打呵欠的瞬间。

而且现在的夏尔是半裸着的，身子只围着一条手帕，也没有穿内衣。

夏尔哑然地涨红了脸，不管三七二十一先破口大骂：

“变态！差劲的变态！居然突袭淑女刚睡醒的样子，真是太没品了！”

“真是够呛。话说，这可是我的房间啊。”

雷真笑着敷衍道。西格蒙特则代替夏尔表示歉意：

“抱歉了，雷真。夏尔一没睡饱心情就会很差。”

“哦哦，原来是这样。在这种状态下，也难怪会不安吧。”

“不。是因为睡在你房里这件事，对她来说有点太刺激——”

“闭闭闭闭嘴啦，西格蒙特！不要胡说八道了！”

夏尔爬上西格蒙特的脊背，拉扯着它的翅膀，惹得西格蒙特一阵发笑。

突然，她发觉雷真目不转睛地看着自己。

“你，你……看什么看啊……”

“老是围着手帕也太可怜了。我看看有什么能让你穿的吧。”

“你，你居然以那种猥琐的眼光看我！不准看向我这边！变态！”

“哪里猥琐了！再说了，你之前不是还穿着泳衣到处晃悠吗？”

“雷真——你居然在和夏尔洛特小姐玩换装游戏！”

暴怒的夜夜突然加入。

“雷真的人偶是夜夜！夜夜也要换装！来吧！”

“不要脱！还有，衣服你自己穿！”

雷真把脱了一半衣服的夜夜推回去，然后面向夏尔说道：

“总之，今天先到金波莉老师那里一趟。在午休——最迟

在第五节课一结束就去。知道了吗？”

“知……知道啦。”

夏尔不情不愿地点点头。

“别摆出那种表情。以金波莉老师的能耐，肯定能给你出个主意。”

“……是啊。”

“雷真看着夏尔洛特小姐的眼神……那感觉……真是下流……”

原本和睦的气氛，被夜夜的自言自语打破了。

“不要说些奇怪的话！什么下流不下流的，她这副模样我能做什么啊！”

“可以的！用棉签之类的戳着她玩！或者让她一丝不挂，然后整个捏住！”

“什么？完全没穿衣服……也就算了，你叫我捏……是要捏什么啊？”

“让她叫几声‘讨厌啦雷真，好难受’……之类的……”

“给我等一下！你到底在说什么？”

“然后……让她变得浑身湿透的……雷真……”

夏尔想象着那样的画面，脸上几乎喷出火来。

“你，你这没品的混蛋！是不是脑子进水了？”

“脑子进水的是你们吧？你们的疯狂真是远远超乎了我的想象！”

雷真用力挠了挠头，郁闷了好一阵子。

最后筋疲力尽似地，露出有所领悟的表情。

“……算了。我先去拿点吃的吧。”

“啊，夜夜去拿吧！免得雷真拿蜂蜜回来！”

“……为什么不能拿蜂蜜？”

“把蜂蜜滴到夏尔洛特小姐身上再舔掉，这种想法未免太天真了！”

“我没有这么想！而且这样一点也不好吃！”

西格蒙特站起身，张开翅膀飞到窗边。

“那我去安利那儿一趟。她应该很担心夏尔吧。”

“慢着！你打算把我丢在这里吗？”

“你就留在雷真这里，这样比较安全。”

话音刚落，它便一蹬窗框，向外飞去。

西格蒙特一离开，夏尔立刻变得不安起来。

“……什么嘛，笨蛋！坏东西！冷酷无情！不是人！”

“行了行了。你就乖乖和我一起看家吧。”

雷真安慰道。听他这么一说，夏尔下意识地觉得这样也挺好。她摇了摇头，打算像往常一样对他恶言相向，然而——

谩骂的话却说不出口。

不知为何，夏尔觉得一阵屈辱，红着脸背过身子。

## 4

雷真和夜夜、夏尔一起在他房间里享用了早餐。

夏尔的进食非常困难。首要问题是，没有适合她这个体型的餐具。更重要的是，相比夏尔，食物实在是太巨大了。

夏尔用小小的手从小山似的黑面包上撕下一块，送进嘴里。

“怎么样？能吃吗？”

“……好苦。”

“苦？说起来，好像我们只有这种破烂宿舍才会提供黑面

包吧？”

“不是这个问题……唉，真是够了。蜂蜜！给我蜂蜜！”

“好好好。遵命，大小姐——”

雷真刚从座位上站起，旁边便递来一个瓶子。

“什么嘛，夜夜你把蜂蜜带回来了啊？”

“……夏尔洛特小姐这么小，我想她应该很难吞咽食物。”

夜夜看着别处，低声嘟囔道。虽然她一脸不爽，嘴里各种埋怨，不过对待夏尔还是挺体贴的。雷真也觉得高兴，平常不说的话便脱口而出：

“真是温柔呢。我挺喜欢你这一点的。”

“雷真❤……”

夜夜内心一阵激动，脸上布满红潮，兴奋过头，捏爆了装蜂蜜的瓶子。幸好瓶子的碎片没有伤到任何人——不过盘子上落满了黏乎乎的蜂蜜。

盘子上是紧紧抓着黑面包不放手的夏尔。蜂蜜让她的腿脚不听使唤，狼狈地跌倒了。仅仅几秒，她的头发和肌肤就都变得黏乎乎的。

一阵沉重的沉默之后，夜夜才恍然大悟似地捂着嘴巴说道：

“雷真……你果然是想对夏尔洛特小姐……”

“捏爆瓶子的人是你吧！”

“是雷真唆使夜夜这么做的！刚才就觉得奇怪了，还想着雷真怎么会说出那种甜言蜜语……哼！”

夏尔顾不上这两人的一来一往，在盘子上瑟瑟发抖。

“夏尔……罢了，我帮你洗干净吧。”

“开什么玩笑，变态！我自己洗啦！”

夏尔生气地挥舞双手……又无力地垂下手臂，瘫软在盘子上。怒火超出极限后，她反而陷入了悲伤之中。换作是平常，肯定还会再嚷嚷几句“不准看我这边，变态”之类的——

“我说……喂，你别哭啊。”

“可是……这副模样，太丢脸了……”

人人敬畏的“天下之暴君”夏尔，现在变成如此弱小的人。

雷真把脸凑近夏尔，尽可能口气温柔地说道：

“已经没辙了。现在马上去找金波莉老师吧，好吗？”

夏尔没有反驳，乖乖地点了点头，那副柔弱的模样着实让人可怜。

雷真双手将她捧起，像抱着一只小鸟似地，离开了房间。

他带着满脸歉意的夜夜走出了宿舍，前往理工学院。

他们直接走向位于顶楼的金波莉的研究室。敲了几下门之后，便听到一声“进来”的回应。

金波莉似乎就在研究室里。她来得可真早，或者说，是在这里通宵？不过金波莉的脸上没有倦意，还是一如既往的神色。

“你可真早啊，老师。”

“我也有失眠的夜晚啊。比如说，新玩具送来的前一个晚上。”

“……要送什么东西过来？打扰到你了吗？”

“没关系。你也是我很期待的玩具之一哦。”

“雷真……你居然成了金波莉老师的玩具！”

“够了，夜夜！那是天大的误会！”

“说吧，今天早上遇到什么趣事了？”

雷真默默地伸出双手。

看到坐在他掌中的少女，即便是金波莉也不由得目瞪口呆。

她戴上平常用的银边眼镜，把脸凑近夏尔。

“怎么了，夏尔洛特？你比昨天缩水很多呢。”

夏尔没回答，而是低声抽泣着。

“变得相当弱呢。而且，她浑身都黏着蜂蜜，你该不是想舔——”

“不是！不要连你也产生什么奇怪的误会好吗！”

“嗯嗯……先把她剥光，我要用眼睛好好确认一下。男生给我出去！”

雷真被赶出了研究室，无奈之下，只好走向楼道的角落。

他坐在休息区的沙发上，眺望着窗外。

多么宁静的清晨。阳光和鸟鸣都与平日无异。

突然，他想起昨晚夏尔说到一半的话。

（她说的防御……是指什么？）

我的防御——

“防御……防御印(defensive)吗？”

那是夏尔给的那个银质吊坠，上面刻着如尼文的护身符。

说起来，暑假的时候，他还因为这件事和夏尔吵架来着。

也就是说，夏尔原本想说的是“谁叫你把我的防御印弄丢了”。

“原来夏尔那家伙还怀恨在心啊……”

“姐姐怎么样了？”

楼梯那端传来声音。雷真往那一看，就见安利正沿着楼梯走上来。她穿着一件围裙，手里抱着一个很大的洗衣篮。

“早上好，雷真同学。”

“哦，一大早就洗衣服吗？你真是勤劳。”

安利腼腆地笑了一下，接着又很担心地皱起眉头。

“请问，姐姐人呢？”

"现在金波莉老师在帮她诊断。"

"那就好——啊，不过姐姐记恨的是什么事呢？"

"夏尔给我的护身符，被我弄丢了，或者应该说，被我弄坏了。"

"护身符？"

"她在'晚会'前给我的，是一个吊坠，上面刻着守护的如尼文。"

闻言，安利神情一变，有点脸色发青地问：

"是不是一个银质的……刻着六芒星的吊坠？"

"你知道那东西？"

"那是伊莱扎姑姑的遗物。"

"什么……"

"姑姑对如尼文有很深的造诣，好像还有一些收藏品。她也给了我一个刻有如尼文的戒指。"

"……不会吧，我还以为那是买来的……可是，那玩意儿挺光鲜锃亮的。"

夏尔自己也说得好像是买来的东西一样。

但是，以夏尔的性格，不可能自己承认那是一件"遗物"。

那玩意儿看起来就像一个崭新的东西，被她小心保管着。

或许是顾及已经哑口无言的雷真吧，安利不再说一句话，继续拾级而上。她似乎打算把洗好的衣服拿到屋顶上晾晒。

（原来是姑姑的遗物啊……也难怪她会生气了……）

最好跟夏尔道个歉吧。不过，旧事重提也挺尴尬的。雷真挠着脑袋，不知道该如何是好，这时走廊的另一端响起夜夜的声音。

"雷真，金波莉老师叫你哦。"

雷真站起身，怀着沉重的心情回到了研究室。

## 5

他打开门一看，只见西格蒙特已经先行抵达了。

在靠里摆放的桌子上，西格蒙特和夏尔并肩而坐。夏尔已经换下了脏兮兮的手帕，改用缎带缠着身体当衣服穿。雷真的脑内居然冒出了“礼物就是我哟❤”之类的台词，不由得想掐死自己。

坐在桌子前方的，是这个房间的主人——金波莉。只见她正摊开一本厚重的医学书，表情为难地陷入了沉思。

“怎么样，老师？找到解咒的方法了吗？”

金波莉猛地转过椅子，淡定地说道：

“先跟你们说说诊断结果吧。从结论上来说，是‘诅咒’。”

诅咒是魔法当中的一个范畴，其定义不好区分，总是模棱两可。

“也有人称它为赋予魔法，或者叫制约魔法，大多数指的是机巧魔法出现以前的黑魔法。其效果持续时间相当长，而且步骤很复杂，需要各种各样的材料。”

“……在我老家也有。把稻草人偶做成对方的模样，然后扎一根铁钉。”

“这是典型的‘类感’型咒术啊。”

“可是，女士……”

西格蒙特提出疑问：

“要给像夏尔这样的魔法师下诅咒，并不容易。比劳一族的灵力都是被强化过的，而且夏尔平日里也有所防备。”

“对方应该是一个相当厉害的高手。而且，该惊讶的不只是这个本事。一般来说，诅咒的威力是很大，但也有风险——对吧，夏尔洛特？”

金波莉的口气就像在讲课一样。夏尔仿佛被吓了一跳，不过还是认真地回复道：

“例如……诅咒反噬。”

“没错。诅咒的原动力就是施咒者的怨念……如果被施咒的人与魔法的联系越强，一旦被格挡下来，效果就更容易反弹回来，就算没有效果也一样。也就是说，对方是抱着相当大的决心才施下了咒语。”

雷真整个人僵住了，感觉脖子上被人用刀抵住似的。

原本他还心存侥幸，现在倒是完全确信了。

不顾风险，只追求效果显著的方法，这样的人——他心里有数。

夏尔看似有些不安，但还是以镇定的声音询问道：

“那么，老师，我是中了什么诅咒？”

“从这明显的症状——就是身体构成物质的总体缩小这一点来看，应该是‘尼白龙根的诅咒’，或者是其亚种吧。它起源于一种流传于德国偏远乡村的强力诅咒，可以把对手变成小妖精。”

小妖精——这个陌生的词语，让夜夜歪了歪脑袋。

“是不是传说中那种……守着宝物，心肠不好的老爷爷？”

“你那个陈词滥调是被诅咒的宗族的印象吧。这个法术麻烦的地方在于，仅凭微弱的怨念就能发动，可以进行无差别的攻击。而且，诅咒术与肉体的亲和性极其高——即便到了现代，也无法确定解咒的方法。青蛙和白鸽可以变回王子，但是要让小妖精变回人类，应该不是那么简单的吧？”

“等一下！这么说，没有解咒的方法了吗？”

雷真着急地靠近金波莉。金波莉依旧一脸严肃：

“不，有的。其实方法很简单。”

“别吓唬人好吗，既然有就早点说啊。”

“就是让施咒者本人，说出解除的咒语。”

“唔……”

“‘强制性解咒’就是一种试图不靠钥匙打开金库的行为，有可能对金库或者金库里的东西造成损伤。但是，如果有钥匙，就没有这种担心了。”

雷真感到眼前一片黑暗。这么做，实际上就表示向敌人屈服了……

金波莉重新转向夏尔，像是要确认一般地问道：

“夏尔洛特，对于施咒的人，你有什么线索吗？”

“……没有。或者说……线索太多了。”

“那你觉得有没有谁对你有敌意？或者觉得哪里不对劲？或者碰过类似的物品？”

“不知道……我不知道啦！”

夏尔蹲下身子，抱着脑袋，整个人都处于极度的不安之中。

见夏尔这么可怜的模样，雷真的良心也受到了苛责。

要不，干脆把整件事情都说出来吧？

——不，爱丽丝允许自己这么做吗？

金波莉抚了抚额头，叹息着说道：

“真是束手无策啊。至少要是能知道感染的途径，就能知道施咒者的线索。”

“……什么感染？这又不是什么传染病。”

"'接触禁忌'—— 一旦触碰了邪物，必定会遭到不幸。这是咒术的基本原则，笨蛋。"

金波莉满脸无奈地拿起报纸卷成筒，狠狠地敲了雷真的额头一下。

"要给像夏尔这样的魔法师施咒，确实要靠接触感染。"

"……女士，要不要检查一下我？说不定对方把我当成了媒介。"

西格蒙特痛苦地低语道。夏尔跳起来惊呼：

"你在说什么呢！你怎么会是诅咒的媒介——"

"这个可能性是有的。昨晚，在发现异变之前，你不是抱了我吗？如果当时我已经感染了诅咒，那就合乎逻辑了。"

"但是，是谁施的咒呢？为什么呢？"

"……这一点不清楚。不过在事情发生之前，确实感觉到类似瘴气的东西。"

金波莉注视着西格蒙特，点头表示同意：

"是有可能。如果能在自动人偶身上做手脚，就可以实现前期的接触。毕竟禁忌人偶可以离开主人自行行动——是盯上了人偶的单独行动吗？"

金波莉猛地站起身。

"赶紧调查一下吧。'倒数第二'，你打算怎么做？"

"我……去找一下线索。"

"是吗？你要乱来也行，但不要太鲁莽。"

"好。夜夜……抱歉，你留在这里保护夏尔吧。"

"啊……是。"

夜夜虽然有些惊讶，但并没有追问，乖乖顺从了。

雷真正准备出去，背后传来一个声音：

“我先声明一点啊，‘倒数第二’，时间可不多了哟，离诅咒彻底发挥效果最多三天而已。”

雷真的脊梁突然一凉。明知道答案是什么，他还是问道：

“……过了三天，会怎么样？”

“再也无法恢复原本的模样。”

不出所料的答复。

雷真咬紧了槽牙，从金波莉的研究室飞奔而出。

## 6

雷真急急忙忙地赶往格丽福楼女宿舍。

很遗憾，奥加已经去学校了。

心急的时候感觉做什么都不顺利。就算四处奔走也找不到任何东西，无奈之下雷真只好抓住一个高年级学生，打听奥加上课的地方，去了教室却发现停课了。在他东奔西跑的期间，时间已经到了午休，于是去了学生总代表的办公室，结果又和对方错过了。如此一来，下午的课就开始了。

然后，过了下午四点，雷真第五次前往办公室，终于见到了她。

大讲堂的三楼，是执行部的区域。听到厚重的大门那边传来一声“请进”的瞬间，雷真就以破门的气势冲了进去。

“爱丽丝！”

“叫我奥加。”

变成奥加模样的爱丽丝，正面露苦笑地坐着。

雷真快步靠近，结果被一身女仆装打扮的辛格挡在跟前。

“让他过来，辛格。”

经爱丽丝一说，辛格不情不愿地让开了路。雷真踩着震天响的脚步，来到办公桌前方，“砰”一声拍了一下桌面。

“……是你，做的吗？”

“做什么？”

“别装傻！就是夏尔那件事！”

“如果我说是呢？”

“解除诅咒！马上！”

“才不要。”

“那我会尽全力让你解除！”

“那可不行呢。”

“……要不要看看我的决心？”

两人的视线碰撞，迸发出火花。

然而，握有王牌的是爱丽丝。只要爱丽丝想做——如果她企图自尽，那夏尔就没救了。

想到这一点，雷真便不敢再做任何事了。

爱丽丝看穿了雷真的心思，嘲弄般地说：

“你很为难吧？解咒的命令只有我知道。想必你非常恨我吧，但是杀了我的话，夏尔洛特就没救了哟。”

“……闭嘴。”

“你这是求人的态度吗？”

雷真拼命压抑怒火，手扶着办公桌，低下脑袋说道：

“拜托你。解除夏尔的诅咒吧。”

“那么，和我的婚约……”

“我答应。”

爱丽丝无法马上给出回应。

也不知她露出了什么表情，雷真偷偷看了一眼——

只见爱丽丝正用冷冰冰的眼神看着雷真。不知为何，她看起来有些失望。

“我会解除夏尔洛特的诅咒。不过，要等我忙完之后。”

“什么——不是马上解除吗？”

“偷鸡不成蚀把米，这次投食就算失败了。”

“我会遵守约定的！”

“你说谎。像你这样不守承诺的男人，除了你——我只认识一个。别担心，我这边的事两天就可以忙完。你那边不是有协会的看门狗守着吗？应该可以延迟诅咒的发挥效果。”

这说明她已经看透了一切吗？

“随你便！但是，如果夏尔发生什么事……我就杀了你！”

雷真直直地瞪视着爱丽丝。

在那一瞬间，他看到了爱丽丝蓝色的瞳孔深处，仿佛露出一种悲伤。

说不定是错觉。爱丽丝“啪”一下给了雷真一耳光，说道：

“想救她的话，就别惹我不开心，知道吗，雷真？”

她露出一个残虐的笑容，慢慢地站起身。

“你先证明一下自己的忠心吧。”

她走到雷真旁边，轻轻伸出手。

雷真不知道她的意图，有点发慌。这次爱丽丝用手背拍拍他的脸颊：

“跪下，亲我的手。”

反抗也是没用的。不仅没用，还会引起反效果。

雷真当场屈膝，像中世纪的骑士一般，在爱丽丝的手上落下一吻。

“真是机灵。那么，这次换这里吧？”

爱丽丝指了指嘴唇。这次雷真犹豫了。

“哎呀，不乐意吗？那就换一个，舔一下我的大腿……”

“小姐，请适可而止。”

辛格口气严厉地阻止了。爱丽丝不满地咂了一下舌，回到办公桌。

得救了。雷真没想到自己有一天会得到辛格的相助。

“后续的等下次吧。差不多到‘晚会’的时间了吧？”

这意思是，叫他快走吗？

雷真握紧了拳头，但是他什么也做不了，于是站起身来。

“对了对了，我想你应该知道的，这件事不能告诉别人——不管是你的饲主，还是搭档，都不能透露哦。”

“……我知道。”

“可别忘了哟。你是奥加的未婚夫——是我的人。”

雷真也只能点头了。他带着暗淡的心情，离开了办公室。

他拖着脚步，在校园内徘徊。他也不知道自己正在走向哪里，等回过神时，已经回到了理工学院的附近。

“雷真！”

是夜夜。夜夜发现了雷真，兴冲冲地跑过来。

“你去哪里了？突然就冲了出去——啊！该不会是去找昨天的狐狸精吧……在夏尔洛特小姐这么倒霉的时候……”

虽然被她说中了，但雷真已经没有余力找借口了。

“抱歉。待会儿的‘晚会’，可以靠你吗？”

“当然可以……不过，是不是发生什么事了？雷真，你怪怪的。”

“没什么。走吧。”

虽然对不起夜夜，但他无法解释。

雷真带着一脸担心的夜夜，走向“晚会”会场。

在通往会场的小路上，返回的学生们显得很热闹。

看来今晚的结果已经出来了。是洛基或者芙蕾吧？

他们来到交战场地一看，场上站着洛基和智天使，看不到芙蕾的身影。自动人偶的残骸正在往场外送。

“一副蠢样。”

洛基瞥了雷真一眼，冷冷地丢过来一句话。

一种触电般的压迫力逐渐传递过来，雷真感受到一股与昨天无异的杀气。

“什么啊，已经打完了吗？芙蕾怎么了——”

就在雷真踏进场地的瞬间——

“轰”的一声，突然燃起一团灼热的火焰，智天使飞了起来。

智天使在半空中变成大剑，瞄准了夜夜的头部。

千钧一发之际，雷真推开了夜夜，跳起来躲开了这一击。

他难以置信地看着洛基。夜夜应该也是一样的心情吧。只见她瞪圆了眼睛，来回地看了看洛基和雷真。

这是谁也没有预料到的情况，稀稀落落的观众席上传出了嘈杂声。

刚刚那一击是认真的。如果没有躲开，夜夜的脑袋就会被砍飞。

“怎么了？有什么好吃惊的？”

洛基用冷得彻骨的声音说道。

“我和你本来就是‘手套持有者’，是互相厮杀的对手，只有一个人能够登上‘魔王’的宝座，不是吗？早晚会是这样的宿命。”

这件事，雷真是知道的。

然而，他隐约觉得自己能与洛基好好合作——

他以为，自己能以战友的身份，与洛基并肩作战。

“我们是对手——所以……”

洛基的肩膀上冒出一股肉眼可见的蓝白色魔力。

“今晚，我决定把你踢出局。”

“轰”的一声爆炸之后，智天使迎面袭来。

# Chapter3 ◎ 魔女与骑士的盟约

## 1

裹着火焰的大剑，在空中自由自在地飞舞。它试图砍落夜夜的脑袋，对其步步紧逼。

它的行动很敏捷。而且，与以前相比，动作的流畅度不可同日而语。

夜夜惊险万分地躲过一次又一次的斩击。智天使曾经贯穿了“金刚力”，砍伤了夜夜的身体，所以绝对不能正面接下攻击。

观众席上恢复了安静。大多数学生都知道“晚会”第一天的凄惨景象，所有人都紧张地凝视着战况的进展。

仔细一看，夜夜已经被逼到场地的边缘了。

就在她分心留意身后时，智天使再次加速了。它迅速回旋，准备劈开夜夜的头顶——在那之前，大剑却发出“咣”的一声，偏离了方向。

雷真从旁踢开了大剑。观众席上响起惊呼。居然能精准地踢中高速回旋的剑身，看来这一方也具备非同一般的技能。

被踢中的智天使在半空中恢复了人形，两手变成了刀片状。

“哼，一对二就是麻烦。既然如此——这样如何？”

洛基释出魔力。与这份助攻相呼应，智天使张开了双翼。

这对翅膀也相当于短剑的集装箱。如荆棘一般的小小刀刃足有十二片，同时从翅膀中飞出，片片分离地停留在空中。

（这可不妙啊……）

雷真的下巴落下一滴冷汗。短剑可以瞄准不同的目标，如果雷真和夜夜同时被瞄准了——那么危险是显而易见的。

“洛基！住手！”

突然，他们听到了一声喊叫。

是芙蕾。芙蕾紧紧地贴在拉比的背上，飞奔上了场地。

“住手，洛基！为什么，要和雷真……”

“你说什么梦话。我们是对手。”

“可是——”

“过来，智天使！”

洛基无视了芙蕾，对着智天使下了命令。智天使变回了大剑的模样，回到洛基手中。

他的手刚碰到大剑的瞬间，魔力便遍及整个剑身，控制力进一步提升了。

稍作停顿之后，他以等同于夜夜的速度踏进了场地。

巨大的剑身发出阵阵低吼。与此同时，十二把短剑像猛兽一般发出攻击。雷真和夜夜拼命地躲闪，反攻，并用手刀击落短刀。

而洛基没有放过那个间隙。

他挥起大剑，对准了雷真和夜夜斜劈过去。两人勉强躲过了攻击，但大剑的剑风猛力地撞上了场地，造成了一米的龟裂。真是可怕的威力，简直相当于格丽泽尔达的一击了。

紧接着，激烈的肉搏战开始了。双方阵营猛力碰撞之后便分开，接着再次强势对峙。若有一方逃向天边，另一方就立即

追击。双方都没有发出直接的攻击，只要看穿对方一点点动作，就能精准地躲开，只是徒增一些擦伤罢了。

在此之前的“晚会”简直就像是热场表演赛，这场对战完全是不同次元的。

不仅如此，双方的战斗都是相当危险的。

雷真的脖子刚被短剑掠过，夜夜的蹴击便擦过洛基的眉间。

两人到底都是活跃在一线的人，稍一失手就会丢掉性命！

就这样，双方都没能做出决定胜负的一击，唯有时间在逐渐流逝。

他们两人都已经战斗到快窒息，浑身大汗，但是魔力都没有丝毫减弱。

洛基擦去滴落的汗水，挑衅地笑道：

“你的能力应该不止如此吧？快点让我见识一下你学来的本事。”

“你指的是什么？”

雷真的反应慢了一拍。于是洛基指着他的右手臂——那里包裹了层层纱布。

“你都搭上了惯用手，绝不可能只是受一点伤而已。”

“……我还真是受你器重呢。”

“谁器重你了！自我意识过剩了吧，笨蛋！”

“你刚刚那句是赞赏吧？很明显是在夸我啊！”

雷真把手搭上右臂的纱布，嘻嘻一笑，又把手拿开了。

“这个，现在还不到动用的时候。”

“……那么，你就留着这一招，给我消失吧。”

洛基的红色眼珠放出光芒。雷真将自己所剩无几的魔力输送给了夜夜。

"吹鸣四结！"

夜夜敏锐地察觉到雷真的意图，猛地跳了起来——

她跳到了场地外的观众席。

观众们吓了一跳，不一会儿，雷真也跳到后方来了。他敏捷地做了一个空翻，在观众席上落地。旁边的名人们惊慌失措地四处逃窜。

"……哼。"

得知雷真要逃，洛基一脸扫兴地从场地上退了下来。

这时离两人的开战时间已经过了一个多小时。既然雷真已经离场，那么今晚这一战算是不分胜负了。

战斗结束，观众们也兴味索然地准备回去了。

雷真身边的夜夜，放下了心，用力地叹了一口气。

"夜夜，累了吗？"

"这个倒没关系。可是，洛基……"

"没事的。交给我处理。"

雷真笑着担下了责任。夜夜露出了深思的表情，不过还是乖乖地点头了。

雷真将视线投向对战场地的一角。

芙蕾正在那里手足无措，纤细的背影看起来相当无依无靠。

雷真和洛基一旦动真格地对战，伤心的人是她。

虽然很担心芙蕾的情况，不过雷真自己还有急着去处理的事务。

"我担心夏尔，回去吧。"

他带着夜夜，急急忙忙地离开了会场。

## 2

金波莉的研究室里空无一人。

大门敞开着，倒是可以进出无阻，但是金波莉不在。

“怎么搞的，一个人也不在啊。难道是去吃晚饭了？”

“可是，连夏尔洛特小姐也不在……”

夜夜担心地环顾了一下室内。

雷真也茫然地看了看房间，然后发现了那个。

金波莉的桌子上，放着一个有点深的汤碗。

“这是什么……牛奶吗？”

碗里装着满满的牛奶，上面似乎还浮着一个什么东西。这是——

“雷真！这是，夏尔洛特小姐呀！”

“喂，这是溺‘奶’了吗？”

他用手指戳了戳，又将那东西翻到正面朝上。

果然是夏尔，而且一副软弱无力的样子。

“喂，夏尔！振作一点！”

雷真用指尖凑近那张小小的脸蛋。呼吸——没有了！

“这家伙在干什么啊！赶紧做人工呼吸……这样子也没办法做啊！”

“夜夜给她做心脏复苏！”

“对啊，同是女生，碰了也没关系……”

“万一不小心没掌握好力道，也算是意外。”

“住手！还是不行！”

“你们真吵啊。怎么了？”

“西格蒙特！”

西格蒙特扑扇着翅膀，从敞开的窗户飞了进来。

它刚刚似乎是在外面戒备着。

西格蒙特一下子就摸清了情况。

“我来吧。放心，我以前还给刚出生的夏尔洗过澡呢。”

它灵活地运用前爪和下巴，将夏尔拉了上来，并让她仰面躺平。

接着用头按压她的腹部一秒，停顿一下，继续按压。

“噗”的一声，夏尔喷出了一口牛奶。

她被呛得直咳嗽，不过不用人工呼吸就苏醒过来了，心脏似乎也在跳动了。

雷真松了一口气，把脸凑近夏尔，说道：

“害我担心死了。你刚刚在做什么啊？”

“雷……真？”

夏尔泪眼婆娑地抬头看看雷真，接着才发现自己没穿衣服。

“魔……魔龙吼！”

一股不稳定的魔力注入了西格蒙特的体内。虽然不甚稳定，但好歹夏尔是“十三人”之一，还是足以发动魔法的——于是西格蒙特的口中迸发出一束刺眼的光芒。

五分钟之后，雷真满脸不爽地收拾着坍塌的书架。

他的头发被烤得卷曲，烧伤的地方还隐隐作痛。

雷真、夜夜与后来赶到的安利一起收拾残局。

“我，我说……我不是已经道歉了吗！”

夏尔站在书桌上，满脸通红地发出极细的声音。

“就算身体变小了，可我还是想洗个澡嘛！”

“那干吗要用牛奶洗啊！要是被凝固的牛奶搞到窒息，又算是哪一出了！”

“唔……”夏尔无言以对。夜夜好像想到了什么，突然停下了手上的动作。

“难道——这就是夏尔洛特之前说的那个……”

“不能说！你要是敢说就绝交！”

“哦哦，是那个传统吧？泡了牛奶浴，身材就能变好？”

“闭闭闭闭闭嘴啦，西格蒙特！我要把你午餐的鸡肉换成蜂巢！”

雷真无语得差点滑倒，又半眯着眼睛，说道：

“……身材变好倒是第一次听说。不是有人说泡了皮肤会变好吗？”

“原来如此，情况我了解了。”

听到这个淡漠的声音，所有人的身体都僵直了。

脸色铁青的金波莉倚靠在门边：

“也就是说，夏尔洛特，我好心好意在百忙之中特地停课去为你找解咒的方法，而你就借着身体变小的便利，抱着玩乐的心态尝试了牛奶浴，最后还把我的研究室搞成这个样子？”

金波莉会生气也是无可厚非。书架受热变得焦黑，架上的魔法书和资料也散落一地。他们已经尽可能地抢救了那些没被烧掉的东西。

“……对不起。”

夏尔洛特小小的身体缩得更小了，看起来就像要当场消失了似的。

雷真见她这么可怜，也低下头替她求情道：

“我也向您道歉。请原谅她吧，老师。”

“别说得这件事跟你无关似的。这里有一半是你的责任。”

“为什么？我是受害者吧？”

“算了，就当你欠我一个人情吧。”

“又欠下人情了？我到底欠了你多少人情啊？”

“这些人情里也包括夏尔这次变小的事。”

金波莉捡起一本封面烧焦的书：

“把书架放倒，我想确认一下缺了哪些东西。你就带着麻烦鬼夏尔洛特到外面去。眼睛绝对不要离开她。”

“知，知道了……”

虽然夏尔变小了，但相对地也没那么自由了。要是被一本厚重的书夹住了，也是很大的问题。话虽如此，如果放着不管，她要是发生什么事也很麻烦。

雷真乖乖地抱起夏尔，两手捧着她走向楼梯前方的休息区。

“西格蒙特留下，我有话跟你说。”

被金波莉叫住的西格蒙特飞回了研究室那边。

夜晚的教学楼里非常安静。在休息区里两人独处，越发能够感受到那份安静。夏尔似乎突然变得胆怯了，嘟囔着说出这句话：

“……我，会不会一辈子都是这副模样啊？”

“别变得那么悲观。金波莉老师一定会有办法解决的。”

“她有没有办法解决，你又不知道！”

夏尔情绪化地反驳道。看来是过度的不安让她变得恼火了。

雷真换了个角度，试着用积极的话安慰道：

“身体变小也有好处吧？例如刚刚你还泡了牛奶浴。”

“那样很容易被淹死的！而且……那点牛奶的量，一下子就冷了。”

"那……蛋糕可以吃个够啊。你不是喜欢吃甜的吗？"

"海绵蛋糕的口感粗糙，很难吞咽。而且……吃什么都不觉得美味，尝起来都是涩口的，嘴里也痛……"

或许，身体变小这件事根本不算好事。

雷真轻轻戳了戳夏尔的肩膀。

"没事的。我会帮你的，一定会。"

"……对不起。"

"干吗道歉，这又不是你的错。"

夏尔眼中含泪——虽然泪水小到无法形成泪珠，但确实是在哭泣。

"可是……我总是，拖你的后腿……"

"错了。你曾经好几次救了我的命。那个防御印，原本也是为了保护我。"

雷真俯视着夏尔，笑得一脸温柔。

"抱歉啊，我把你那么重要的东西弄坏了。"

"……奶奶曾经说过，护身符失去或毁坏的那一刻，就是在发挥真正的力量。"

夏尔擦了擦眼角，坐在雷真手中露出微笑。

"那个防御印能成为你的替身，就足够了。"

两人之间流淌着一种温暖的感情。就在这时——

"看你们气氛正好，真不好意思打断呢，'倒数第二'。你的搭档正在摧毁我的研究室哦。"

突然，走廊的另一端传来了金波莉的声音。

站在她身边偷窥的夜夜，徒手捏碎了研究室的门。

"哪，哪里气氛好了！我知道了！对不起！"

那天晚上，雷真将夏尔托付给了金波莉，然后回了宿舍。

想起夏尔、洛基，还有爱丽丝的事——各种思绪扰人清梦，让他实在难以入睡。

不过，他倒是宁愿自己睡不着。

因为第二天早上，雷真迎来了最糟糕的清醒——

## 3

“雷——真——”

雷真突然感觉到一股严冬的寒气，猛地弹跳起身。

只见怒发冲冠的夜夜步步逼近，感觉此时此刻的她几乎能够拧死一条龙。

“怎么了？怎么一大早就这么生气？”

夜夜的身后，传来几声像犬吠的声音。

雷真心惊胆战地一瞧，发现加姆犬正聚集在房间门口。被加姆犬包围着的，是一个珍珠发色的少女。芙蕾泪眼婆娑地站在那里。

“连芙蕾也在……到底是怎么了？”

“就是这个！芙蕾小姐带来的东西！”

夜夜把一张纸摆在眼前。那看起来是一份学生报的号外，标题是——

祝☆奥加·萨拉丁缔结婚约！

上面附着漂亮的奥加和雷真的大头照。

“结婚对象是来自日本的留学生，雷真·赤羽……”

雷真的声音在颤抖，紧接着身体也跟着抖了。他抢过号外，急急忙忙地看着这篇报道。

雷真努力地阅读自己不擅长的英文，报道上写的都是称赞他的内容。总的来说，就是形容他虽然入学初期成绩垫底，实际上却是个实力派，不仅主导解决了“魔法啃食者”的骚乱，而且在“晚会”中也是所向披靡。他的才华在学院里已经众所周知等等。

其中还有奥加的意见：“他是一个很有热情的人。不管是在白天，还是晚上。”

“那个家伙……竟敢胡说八道！”

昨天在食堂搭话时，奥加明明是一副初次见面的口吻。当时正好在场的人可轻易看出他们之间什么事也没做。

然而这篇报道——是爱丽丝事先让新闻部准备好的吗？如果不是，怎么可能在这个时候，放出这么一篇不知所谓的报道。

夜夜一边哭，一边抱着雷真的腰不放，说道：

“这不是真的吧？因为雷真本来就有未婚妻了，对吧？”

当然了——这句差点从喉咙中冒出的话，被雷真用理性咽了下去。

“是……真的。我和……奥加订了……婚约。”

“怎么可能！你是不是被那个狐狸精抓住了什么把柄？”

“她没有……抓到把柄。我是真的……喜欢上她了。”

“这么说！雷真你真的要和那个人生孩子吗？”

“不要说这种奇怪的话！再说了，报道上也没这么写吧！”

“请你说出实话吧！”

“这个……就是……那么回事啦！”

雷真自暴自弃地喊道。夜夜则惊叫一声，僵住了。

芙蕾的眼中落下大颗大颗的泪珠。她顾不上擦去眼泪，脚步蹒跚地跑出了房间。看来是受到了不小的打击。

“啊，喂，芙蕾！等一下——”

雷真正想追出去，却被夜夜用力抓住了手臂。

“喂……别胡来啊，夜夜。”

“呵呵呵……雷真……真是笨啊……呵呵呵❤……”

夜夜朝雷真伸出手，正想掐住他的脖子，但随即松手了。

她抽噎了一声，哭着跑了出去。

这种反应还真少见，看来她也是很受打击。

这两人都完全误会了。一想到刚才的事，雷真就觉得头痛。

“雷真！你一大早就吵吵闹闹的！”

看到舍监闯进来怒吼，雷真已经无力反驳了。

“对不起，我会注意的……”

“这是怎么了？先不管了，有客人找你。”

雷真抬起头，只见舍监身后有一位看着眼熟的女仆。

那人冷冷地看着雷真，并不打算隐藏眼中满溢而出的敌意。

“赤羽先生，大小姐想在今天下午和您一起品尝红茶。”

“……正好。我也实在很想和奥加小姐见一面。”

“那么，到时我会去接您，不管您在什么地方。”

女仆毕恭毕敬地行了一礼便离去了。虽然舍监看得一脸诧异，但还是什么也没说。

那一天，夜夜一直没回来，于是雷真一个人去上课了。

结束下午的课程之后，正当雷真在教室里发呆时，辛格如期出现了。

“我来接您了，赤羽先生。”

“真是服了，你一直在监视我吗？”

“没错。”

“……你做得可真彻底。只要是那位大小姐的吩咐，即便是打扮成那样你也会照做。”

“只要是大小姐命令，这点小事轻而易举。”

辛格说完，率先迈开脚步。雷真叹了一口气，追着他的背影出去。

在爱丽丝的变身魔法“虚像”的效果下，辛格的个子比雷真矮了些许，不过那种压迫感还是一点没少。

“你的身体已经没事了吗？”

“虽然我不是‘完全的个体’，但制造我的时候也是以此为目标的。那点程度的损伤，早就修复好了。”

“是吗，那就好。”

“谢谢关心。”

“我从以前就在想……”

辛格一脸怀疑，越过雷真的肩膀投来视线。

“你没必要用那种态度对我，正常点吧。”

“您这么说的意思是？”

“那些绕口的敬语也免了吧，反正你对我也没什么敬意。”

“那可不行。如果是主人瞧不起的对象，我也会以同样的态度对待。但是，与主人平起平坐的人，与我就不是对等的了。”

“那家伙……认为我和她是对等的吗？”

“是的。”

胡说。明明是视他为猎物或玩具之类的吧。

“但是，萨拉丁家的女仆并非完美无瑕。据说她们也会越过主仆的身份，优先处理卑贱男人的情谊。”

辛格停下了脚步——

“去死吧，混蛋！”

他回过头，猛地一拳挥过来。

这不是发自魔法的攻击，但是从外在看来，他的手臂与实际长度有着很大的差异。雷真本想从容地躲开这一拳，不过还是感觉到风压从鼻尖掠过。

“哎呀，看来您并不怎么喜欢呢。本想以对等的立场对待您的。”

“你刚刚明显是在鄙视我吧！只要有机会，就打算狠狠揍我一顿，对吧？”

辛格笑得一脸愉快，再次迈出脚步。虽然有些无措，但雷真还是紧随其后。

这个辛格居然还会开玩笑？

刚刚——仅仅那一瞬，雷真感觉自己触碰到了辛格的内心。

## 4

辛格把雷真领到了学生食堂后方的“大庭园”里。

庭院里围绕着几个喷水池，以庭园树做出了迷宫，还有一大片草坪和花坛。下了课的学生们各据一地聊着天，甚是热闹。庭园中央有一个带屋顶的休息区，奥加——不，爱丽丝就坐在那里等着。

“哎呀呀，你来了呢，雷真。”

“……我怎么可能不来。”

“别摆出这样的表情。你瞧，大家都在看着呢。笑脸，笑脸。”

正如她所说，雷真感觉自己被无数好奇的视线刺中了。

他一边露出抽筋似的笑容，一边小声地怒吼着：

“你的目的是什么？为什么一定要跟我订婚？”

“为什么？当然是因为喜欢你啊。”

爱丽丝红着脸，戳了戳雷真的胸口。

“别耍猴戏了……”

好想揍她，可是又不能出手。

“来吧，到这边来。我们来喝下午茶。”

休息区里已经备好了下午茶套餐。除了辛格，应该还有其他仆人吧？刚刚泡好的红茶在茶壶里冒着热气。

雷真动作粗鲁地坐下，也不管究竟礼貌不礼貌，拿起烤饼就咬。

“回答我刚刚的问题。为什么要订婚？还让新闻部写那种文章。”

“其实奥加现在也在忙着相亲的事。”

爱丽丝以优雅的动作拿起茶杯，故意让人着急似地停顿了一下。

“对方是名门的嫡子。这对奥加来说也不赖，不过对方希望早点举行结婚仪式，这样的话，她还没毕业就得退学了。”

“主动退学吗？这里可是很体面的皇家机巧学院啊，光是从这里毕业就能赢得声誉。而且奥加原本就是‘十三人’之一，是很有可能赢得魔王之位的人啊。”

“这就证明，对方是不需要那种头衔的大人物。”

爱丽丝享受了红茶的香气之后，才轻轻地将嘴唇抵上茶杯。

“而且，‘晚会’可不是一场游戏，也有丢掉小命的危险。毕竟奥加还有这样的美貌呢。她的父母和对象，都不希望奥加有任何瑕疵吧。”

“你打算利用与我的订婚消息，破坏那场相亲吗？”

“如果是那样，奥加就得有好一阵子不能待在学院里了。”

“既然如此，那应该还有其他更合适的人选吧！为什么要选我？”

“我不是说过了吗？因为我想跟你结婚呀。”

“胡说八道！说到底，像我这样的东洋人，奥加的父母会认同吗？”

“如果你是那种随处可见的东洋人，应该会三两下就被抹杀吧。”

“喂！不要把我扯进那些事里！”

“话说回来，也不是那么回事。只要得到拥有赤羽家血统的人，就有可能留下他们的子孙后代。更何况，你还是从叛徒王子手中救下国家的英雄呢。”

“我是……英雄？”

“还有一点，你是一个敢于与莱科宁将军对峙的恶棍。”

雷真闭上了嘴。这家伙，什么都知道……

“英国皇室已经留意到你了。再过不久应该会给你颁发勋章吧。这样的话，奥加家的人也不会轻视你了。而且——”

爱丽丝扑哧一笑，放下茶杯。

“选择你还有其他原因。你身上那些传闻，可以提高这件事的可信度。”

“……什么传闻？”

“说你是一个玩弄女人的家伙，擅长猎取美色。只要说我着了你的道，大家都会相信吧？”

“谁会相信啊。没人会相信的……吧？”

“如果是暑假期间发生的事，我差不多也该发现异样了吧。”

“那就别发现啊！话说，大家不会相信的吧？对吧？”

雷真变得非常不安，这件事根本无凭无据。

而且能嗅到谎言的气味。

爱丽丝所说的那些原因，其中最像那么一回事的那一个，听起来就是不对劲。

因为没有必要去冒这样的险。不仅抱着被诅咒反噬的心理准备给夏尔下了诅咒，还毁了奥加一向严谨的形象，演了一出丑闻的戏。如果是直觉灵敏的人，说不定已经察觉这个奥加是有人冒充的。

辛格无言地为爱丽丝的茶杯里注入红茶。他脸上的表情很是生硬，似乎知道些什么，但就算问了，他也不会坦白。

雷真也不深究了，决定从另一个切入口动摇他们。

“不过，你叫我来也正好。我有些事想问问你。”

“问我？真是令人高兴。你对我有兴趣了吗？”

“与其说是对你，其实是对你的父亲——”

“原来你在这里啊，笨蛋徒弟。”

突然传来的声音，打断了雷真的话。

格丽泽尔达就站在他的正后方，完全不露一丝声息。

“嗯？怎么了？你的举止很可疑啊。”

“什么事也没有！有何贵干啊？”

“嗯？有两件事——不，是三件。首先是你的教学计划。”

格丽泽尔达状似愉悦地拿出一张纸，那是雷真提交的申请表格。

“我受理了。很高兴你打算来上我的课。”

“哦哦……还好啦。”

“第二件事是，这个。”

这次她拿出的是一个信封。信封已经打开，似乎是一封信。

“我这里有一封寄给你的信……不过，在交给你之前，要先解决第三件事。其实刚刚我在那里偷听到一些有趣的内容。就是关于你——”

格丽泽尔达笑眯眯地开口道：

“跟别人有婚约的混账事。”

她的额头上爆出青筋，杀气满溢而出，吓得鸟儿们都一飞冲天了。

咦……我，死了吗？

“你这家伙……在这一头拐弯抹角地向我求婚，另一头又……”

“我没有求婚！你的脑子是有问题吗？”

“最后还对自己抛弃的女人这么粗暴……自从那场战争以来，我还没试过这么热血沸腾……”

格丽泽尔达的手伸向了剑柄。结果爱丽丝霍地站起身，制止了她。

“请住手。伟大的前辈，‘迷宫的魔王殿下’。”

“这是我们师徒的事！你给我退下！”

这声怒吼足以震动空气。然而爱丽丝没有一丝胆怯，坦坦荡荡地表述自己的意见：

“插手学生之间的恋爱，这可是超出教授本分的事。就算您——深爱着雷真……”

“什……什么，不……不是的！我……我只是，在教他修行中该有的状态……”

“正如魔法师的探究是基于本能，爱也是人类的本能。人类与生俱来的、根源性的自由——不就是爱吗？”

“唔——”

“我和他是在相爱的前提下订下婚约的。虽然您是‘魔王

殿下’，但也没有立场来说三道四，不是吗？”

“唔……唔……你……你给我记着，小丫头！”

堂堂一个“魔王”，居然丢下一句小喽啰的台词，逃走了。

辛格放下心头大石，松弛下来。雷真也缓过了紧张的情绪，说道：

“你，真厉害。”

他坦率地夸了爱丽丝一句。居然能把那个格丽泽尔达训到离场……

爱丽丝并不觉得骄傲，而是耸耸肩苦笑了一下：

“如果是在战场上对峙，那我根本不是她的对手。不过这里是和平的学院，议论无关臂力的大小，就好比巨型龙最怕小台球。”

原来如此——雷真觉得满心佩服。爱丽丝来到他身边坐下，说道：

“是不是重新迷上我了？”

“打从一开始就没有迷上你。”

“伤害我就那么好玩吗？”她发出一声呜咽。

“别假哭了。”

“好吧，不玩了。我刚刚问的是‘重新’哦。”

“算是吧……”

“我也是哦，雷真。”

她嗖地一下靠近，紧紧依偎着雷真。

周围传来学生们议论纷纷的声音：

“你看，他们那亲密的样子。”“别这样啊，学生总代表。”“我的奥加大人居然……”

感叹之中，也夹杂了一些羡慕与杀气。

“说吧，你想问我什么？”

看来她还记得之前的话题。于是雷真再次开口说道：

“当然是关于你父亲的事了。”

“雷真——你想在这么多人的地方谈这个吗？”

爱丽丝刻意做出吃惊状，然后摆出一副“真拿你没辙”的表情低语。

她的嘴唇轻轻擦过雷真的脖子，然后贴上了他的耳根处。

雷真身上窜过一阵甜蜜的感觉，差点让他整个人跳起来。

“你这人！居然在这么多人的地方……”

“安静。你不是和我很相爱吗？这点小事算什么。”

爱丽丝按住雷真，用手指拨弄他的耳垂。

在接下来将近一分钟里，爱丽丝和雷真演了一出“卿卿我我”的戏。

爱丽丝将视线投向四周。凡是跟她四目相对的学生，都匆匆忙忙地离开了。

不一会儿，庭园里就剩下雷真、爱丽丝和辛格三人。

“看来大家都很懂得为我们制造气氛呢。那么，继续刚才的话题吧。”

雷真惊叹不已。原来她是有意地推动着旁人的行动——真是一个可怕的人。

这么一想，再看看这个地方，雷真发现了她的另一个“盘算”。这里有屋顶，又处于迷宫之中——不仅从远处很难读懂唇语，周围的人也不容易察觉他们。她从一开始就打算秘密地讨论，所以指定了这个地点，甚至读透了雷真的心。

雷真提高了戒备，询问了他所在意的事：

“你说过，你父亲是学院院长，对吧？”

“是说过呀。”

“也就是说，你潜入德军，还有拿安利当人质威胁夏尔，都是院长指使的？”

“是呀。”

“院长为什么要让夏尔去暗杀他自己呢？”

“我没说过吗？为了让学院和英国不和呀。”

“怎么可能……难道说……学院打算从英国的控制中独立出来？”

学院想守住自治权，这是无可厚非的。在现今这个时代，这等水平的学院可不能让一个大国来掺和。但是这场自治权的斗争，手段未免肮脏了一些。

院长的野心遭到怀疑，也是理所当然了。

“你父亲那只老狐狸，到底有什么打算？”

“这个问题毫无意义。爸爸有什么打算，自然是只有他自己才知道呀。”

“院长为什么让你来当间谍？”

“……你这话什么意思？”

“你潜入德军，又从那里潜入格兰比尔家，这当中可是危险重重啊。为什么他要让亲生女儿做这种事？院长不是还有其他的棋子吗？”

爱丽丝那原本很是伶俐的舌头，突然变得迟钝了。

这不是一阵有所意图的沉默，她似乎在寻找答案。

辛格牢牢地盯着陷入沉默的主人。

过了一会儿，爱丽丝望向远处某地，用扫兴的口吻说道：

“我不知道。我只是照爸爸说的去做而已。”

不知为何，雷真突然感到一股无名火。

“……你为什么不问？你当初差点死在我和夜夜手中啊。遇到这么严重的事，为什么还闭口不问？”

“因为问了也白问。”

“……白问？你是说，就算问了，他也不会告诉你？”

“不是。如果我去问，他会告诉我的。魔法世界的根本原理、世界秩序的构造理论、协会和学院的意义，以及它们的极限何在，这些道理他都会没完没了地告诉我。”

爱丽丝一脸郁闷地拨了拨头发。

“我们和爸爸之间，语言是不相通的。爸爸不在我们能沟通的世界里。你刚刚问，为什么他让我去做，而不是别人？那当然是因为我很优秀啊。不管怎么说，我可是十九世纪最强魔法师爱德华·卢瑟福的女儿啊。”

爱丽丝说完这些，露出了讽刺的笑容。

“我们之间不会有意见不合。既然只能一味接受，花力气去跟爸爸争论或起摩擦都是徒劳。与其花时间这么做，我不如学习更多的能力，继续往前走……对我来说，时间是远远不够用的。”

这是什么意思？

雷真还在思考下一句话该说些什么，结果爱丽丝却冷漠地离开了。

“走了，辛格。这茶，我和雷真都喝够——”

“等一下！”

雷真抓住了爱丽丝的手臂，看着就像是要追上打算回家的恋人。

“我……没资格对他人的信条指手画脚。但是，做了也是白做——这种理由，这种从一开始就放弃对决的生存方式……

我不喜欢。”

“那么我问你，雷真……”

爱丽丝的声音有些动摇。

她就像一名年老的贤者，用淡漠的眼神俯视雷真，说道：

“比方说我只剩下一年寿命，你会爱我吗？”

——这只是打个比方吧？还是说，是她擅长的演技，或是谎话？

不管是哪一种，意见都是难以达成一致的。

“下一次，请务必让我听听你的回答。”

爱丽丝露出一个悲伤的微笑，随后离开了迷宫。

## 5

从爱丽丝那里离开之后，雷真先回到托塔斯宿舍楼。

雷真的房间里没有人，看不到夜夜的身影。他以为夜夜还在金波莉的研究室，便又快步赶往理工学院。

安利就站在那里笑脸相迎。

“啊，雷真同学。你找金波莉老师有事吗？”

桌子上的夏尔手忙脚乱地遮住身体。也不知是怎么回事，她穿着一件轻飘飘的连衣裙，貌似是安利让她穿上了玩具人偶的衣服。

“你知道夜夜在哪儿吗？”

姐妹两人对望了一眼，然后安利作为代表回答：

“不知道。夜夜小姐从早上到现在，一次也没来过。”

“这样啊……那家伙跑哪儿去了？”

“怎么，你们吵架了吗？”

“呃，算是吧……”

看来夏尔和安利都不知道雷真与爱丽丝的婚约。

这样也好，没必要把这边的问题也搞复杂。

现在他该思考的是，夜夜。

（糟糕了。夜夜不在的话，我就去不了“晚会”……）

夜夜似乎受到了很大的打击。

雷真担心，该不会又被敌人抓起来了吧？

（——不，她可不会重复同样的错误。）

现在跟之前中了爱丽丝的奸计的时候可不一样了。比起那个时候，雷真和夜夜的联结和信赖已经强化了不少。不会那么容易让人抓到破绽的……应该不会。

话虽如此，夜夜有可能因为闹别扭而不回来吧。

（没办法了，夜夜的事还是去拜托硝子小姐吧。）

为避免最坏的情况，他打算顺路去把伊吕利或小紫带回来。

雷真一边这么想，一边下了楼梯来到理工学院一楼的大厅。那里有总机的电话，可以联系到硝子小姐。

雷真借了电话，才刚把话筒拿在手上，沉重的大门就被推开了。

一个脸色苍白的男人以闯门的势头冲了进来。

这个男人身材修长，浑身散发着如鲨鱼一般的危险气息，身上没有外衣，只穿着一件背心，还戴了一副有颜色的眼镜——他是辛格。

“怎么了，辛格？又来找我麻烦吗？”

辛格没能立刻回答，样子看起来很不对劲。

雷真放下话筒，往辛格那边靠近。辛格的脸色像死人一般，是在演戏吗……不是。至少，他那种外露的极度紧张是真实的。

“喂，你怎么了？发生了什么事？”

“大小姐……那个，虽说这只是我的推测……”

“快说！”

“她被人拐走了！”

——他说什么？

爱丽丝和雷真分开，还不到一个小时。

在这么短的时间里？而且是在辛格的护卫下，那个爱丽丝居然被人……

这种事，谁做得到啊？爱丽丝的背后，可是有院长这座靠山啊！

“是谁拐走的？从她的身份来考虑，应该有线索了吧？”

“恐怕是——‘十字架骑士团’的首领，罗森堡阁下。”

雷真一时半会儿理解不了。

每个词都听到了，只是无法相信。

十字架骑士团——罗森堡。

他没有料到，居然会在学院里再次听到这个名字……

## 1

“十字架骑士团……”

雷真的表情变得苦涩。这个让人作呕的名字，那些曾经企图夺走夜夜和硝子的家伙——

辛格重重地点头，说道：

“是的。是我以前从属的特殊部队，由德国留学生组成。”

“他们的目的是什么？都到现在了，还有什么企图？话说回来，那些家伙不是已经四分五裂——只有那对双胞胎还留在学院吗？”

辛格从怀里拿出一张纸，代替了回答。

那是一份附有地图的速写笔记。是对方发来的信息吗？

“希腊字母——这是什么语啊？拉丁语？”

“是德语。上面写着‘在四点半之前将雷真·赤羽带到约定之地。此事不可外传，更不可携带自动人偶随行。吾等将与Miss卢瑟福一同恭候大驾’。”

“Miss卢瑟福——是指爱丽丝吗？”

“我想他们的首要目的是，毁了我。”

“因为你是德国的最新技术……‘机巧士兵’吗？”

德国方面基于独特的理论，以“神性机巧”制造出了禁忌人偶。

而辛格就是号称该型号的完成形态。凭借内藏的魔法回路“完全统制振动”，可以发挥出超人的强度、攻击力和移动能力。即便近旁没有魔法师，他也能靠自身生成魔力，并自主使用。

“佛拉格拉克是传说中的神剑。只要将它扔向敌人，它就会自动飞舞，打倒敌人之后折回。据说身穿铠甲也受不住它的一击。若要比较，我或者和我同机型的人偶是比不上传说——但是，对于德国来说，这算是机密中的机密。”

“而这个机密被学院夺走了……他们总不能坐视不管啊。”

也就是说，夺回或者破坏，是必行之举。

“然后……他们打算顺便向我报复，对吧？”

当初击碎他们的野心，将德国势力从“晚会”当中一扫而空的人，便是雷真。拜他所赐，德国在本届“晚会”中毫无利益可图。不仅如此，他们与学院的关系也出现了恶化。不论从心情上还是战略上来看，雷真都是他们渴望除之而后快的人物。

所以字面上才会写着把雷真带过去。

但是，他们的目的果真仅此而已吗？

总觉得有点不对劲。虽然觉得在意……但是他们没时间细细思考了。

“情况我明白了。那么，这是什么地方的地图？”

“地下防空洞的入口。”

“地下……学院里的？”

雷真以前也进过那里。当时是和安利一起掉进去的。

雷真感到一阵毛骨悚然。那里栖息着一种不明的“某物”。他想起了仿佛闪烁星光的无数视线。

那种地方，还得再进入一次……

“虽然很不乐意……但也只能去了。给我带路吧。”

雷真本打算直接冲出理工学院，结果又停下了脚步。

辛格没有跟上来。雷真急了，尖着嗓音喊道：

“怎么了，辛格？别磨磨蹭蹭了！”

那边的辛格，眼神却像看到奇珍异兽一般：

“……你愿意和我一起去？”

“这也是没办法的事啊！要是爱丽丝有个万一，夏尔就一辈子都是那个模样了！”

“但是，这种叫人过去的方式，很明显是陷阱。”

“是啊，你说得没错。而且现在，夜夜还不在我身边！”

至少留个纸条吧？他隐约觉得……只要能把这件事转告金波莉，不管对方是多厉害的强敌，总有办法解决的。

但是，如果那个结果导致那些家伙杀了人质——那么夏尔就永远没救了。

痛苦，为难，苦笑——雷真的表情渐渐变得奇怪，笑着说道：

“我真是不走运，服了。好了，带路吧。”

“……我明白了。”

辛格在前方带路。他们不想引起旁人的注意，因此没有奔跑。当他们穿过理工学院的前庭，路过树丛时，一个熟悉的少女出现了。

少女有一头泛蓝的银发，穿着蓝色的和服。

“伊吕利！”

“雷真阁下！”

伊吕利红着脸，眼睛向下避开了视线，楚楚可怜的模样让人看得着迷。

雷真差点就开口说道：“跟着我一起来！”

但是，不可以。那纸上写着不能外传，也不能让自动人偶跟随。雷真必须手无寸铁地前往。也不知道那些人的眼线在哪儿盯着自己呢。

因此，他的举止必须跟以往一样。

“怎么了？找我有事？”

伊吕利的表情变得僵硬，一副洞察现状的样子。

“雷真阁下……事情真的那么迫切吗？”

“……你指的是什么事？”

“就是雷真阁下——婚，婚，婚婚婚，婚婚婚，婚约……”

“……婚约的事？”

“您您您您在说什么呢！那那那那那那那种无法无天的事，我……”

伊吕利惊慌地双手挥舞，搅乱了眼前的气氛。

雷真感到一阵头疼，原本还觉得她是三姐妹当中脑子最好使的。

伊吕利双眼湿润，带着一些依赖抬头看看雷真。

“那……那是真的吗？”

“是啊，我和奥加要结婚——喂，你没事吧？脸色都苍白了啊。”

“您不必顾虑我……我本来就是个苍白色的女人。现在更是犹如死人一样苍白了……呵呵呵……”

“……你的措辞变得很奇怪啊。”

“您在说什么呢。苍白女人就此退场了，祝您安康。”

伊吕利刚一转身，就听见“砰”的一声——她的额头狠狠地撞上了户外灯。

走了几步，她又绊到了长椅，还撞翻了垃圾桶，简直像幽灵一般，摇摇晃晃地离开了。

“……看来她相当动摇啊。我订了婚约这件事，值得她那么震惊吗？”

“您还是那么遭人喜欢呢，赤羽先生。不愧是来自东洋的唐·璜，简直是一放鱼竿就有鱼儿上钩——”

“怎么连你也说这种阴阳怪气的话？要是这些话被夜夜听到了——”

雷真说到一半，便不说了。

夜夜不在，不必担心被她听到。

雷真感觉到自己有些失常，挠了挠脑袋。

“那么，我们走吧。”

“哦哦。”

辛格在前方赶路，雷真也加快速度跟了上去。

## 2

十多分钟之后，雷真到达了地下道。

没时间了。这里没什么人，于是他们尽全力奔跑起来。

拨开潮湿的空气，顺着水路旁的人行道一路狂奔。天花板上设置了“照明”的魔法道具，因此不必担心脚下。空气也算是干净，不会感到呼吸困难。

雷真踩着响亮的脚步声，一边跟着辛格跑，一边问道：

“这里是什么地方？”

“似乎是作为上水道使用。”

“上水……应该也不是饮用水的管道吧？”

“是用于实验或冷却的水——往这边。”

来到三岔路口，辛格没有丝毫犹豫便选择右拐。

“你，熟门熟路啊……”

“您忘记了吗？大小姐扮成格兰比尔家的大少爷时，就是以这条地下道作为根据地的，所以我记得这里大概的构造。”

辛格果然也很优秀，可以牢牢记得这个仿若迷宫的地方。

原本对自己方向感很有自信的雷真，现在也变得摸不清方位了。不过他还是知道自己正在往最深的底部走去。这条路的前方，应该通往上次的那个大洞穴吧。

“呃？”

突然，他隐约感到身后有股气息。

是老鼠之类的小动物吗？或者是，训练有素的刺客——

空气中似乎飘浮着一股敌意。是谁在隐藏气息跟踪他们？

只可惜，他们自己的脚步声妨碍了听力。

“赤羽先生，您怎么了？”

“……没事，没什么。话说回来，辛格。”

“什么事？”

“你是德国的人偶，对吧？”

“当然了。”

“那么，为什么你会起誓向爱丽丝效忠呢？”

辛格语塞了。雷真紧接着又问道：

“你，一开始是在伯恩斯坦家侍奉的，对吧？”

为什么现在却是侍奉爱丽丝？而且在她暴露真实身份之后还一直不变？

沉默持续了十几秒。雷真以为对方不想回答，正打算提出另一个问题，结果辛格低语道：

“伯恩斯坦，原本就是卢瑟福大人的傀儡。”

“呃……”

“之前我并不知情，所以我至今还是伯恩斯坦家的管家。”

“侍奉的家庭是冒充的——你能够接受？”

“接受？”

辛格用鼻子嗤笑了一声：

“哼——反过来说，你又是为了什么，才会越洋来到英国？”

他瞥去犀利的一眼。这次轮到雷真回答不出了。

但是——既然打听到了对方的真心话，那么他也该用真心话来回答。

雷真勉强运用变得沉重的舌头，说出了真正的原因：

“为了替妹妹……替我这一族人报仇。”

“讨伐‘元帅’马格纳斯吗？这又是为什么？”

“为什么……”

“因为你爱着你的妹妹——对吗？”

“……我不知道。但是，我能为抚子做的，只有这件事。”

辛格什么话都说不出来。

不过，隐隐约约地——虽然仅有那么一瞬间，他的眼神变得仿佛在看着同类。

是不是就像雷真思念抚子那般，辛格也在思念爱丽丝？他就那么迷恋爱丽丝吗？迷恋那个残酷又危险的女孩？

就在这时，道路突然走到底了。

脚下的砖瓦中断了，眼前突然出现一个开阔的空间。这里没有灯光，一片漆黑，天花板也相当高。剥落的地面露出了岩石表面，缓缓地往下延伸而去。

一股寒气迎面袭来。

黑暗中隐藏着一股独特的气息，似乎有很多人在蠢蠢欲动。

没错，这里就是那个大洞穴。辛格没有一丝犹豫，沿着坡道往下走。雷真从腰间抽出电灯，一边走一边点亮。

“这里到底是什么地方？你或者爱丽丝是知情的吧？”

“大小姐知情的。当然，院长也是。”

这句话的意思是，他自己不知道？

“之前夏尔不是受爱丽丝威胁，去暗杀院长吗？”

当时夏尔轰飞了整座钟楼，结果导致这个洞穴的暴露。

“爱丽丝当时是胡诌了一些动机，不过到头来，她的目的是为了向世间宣扬这个洞穴的存在……是这么回事吧？”

辛格没有回答。雷真也没在意，继续往下说道：

“而那个时候，爱丽丝正在假扮格兰比尔的大少爷。也就

是说，她那么做是格兰比尔——是英国的意思。说到英国想知道的学院内幕，应该是关于这家伙是研究的集大成这件事。是超高级魔法的实验场吗？不然就是……”

这已经不是实验了——

“是大型魔法装置？”

“你果然是一个危险的男人啊，赤羽先生。”

辛格面无表情地说道，这句话相当于肯定了雷真的疑问。

也就是说，这整个空间就是一个大型魔法装置。

如此大规模的装置，肯定需要耗费庞大的经费、劳力和时间。而说到作为机巧文明最高学府的瓦尔普吉斯皇家机巧学院最渴望的东西——

“难道说——这跟神性机巧有关？”

“虽然跟德国的方法论完全不同，不过我估计就是了。”

辛格承认了。闻言，雷真差点腿软。

这就是院长的目的，不惜连累一大堆人，甚至杀害他人，连自己的亲女儿都派出去当间谍，甚至动用权力投入大量资金。

这就是神性机巧啊！

“造人这件事，真的有那么重要吗？”

毫无意义。毫无意义！这根本没有任何意义啊！

就为了这种事，抚子……

雷真的视野被怒火染成一片血红。看着咬牙切齿的他，辛格以冷静的声音缓缓道出：

“您觉得，人类的繁殖是毫无意义的吗？”

“……什么？”

“人类生儿、育儿，延续着生命的连锁，您觉得这件事毫无意义吗？”

“这是两码事！生儿育女这种事，靠男人女人就够了！”

“可是也有人实现不了。”

“什……”

“而且，如果可以设计人类，说不定可以开拓一个更美好的将来。”

“这话……什么意思？”

“如果世上只有‘善人’——例如出类拔萃的人，与世无争的人，遵纪守法的人，人们就不必因大国之间的战斗号哭，也不必为罪犯的所作所为落泪，不是吗？”

“这——这理论太跳脱了。这根本是，幻想！”

雷真失了原本的淡定，将自己的动摇直接说出口。

他刚刚听到了一件可怕的事。

虽然他刚刚断言那是一种幻想——但其实，当中隐藏着一种恶魔般的魅力。

人类总会因利益不均而发生争执。现在各个大国的相争，也正是为了守住自己国人的利益。问题的关键在于哪一方是榨取，哪一方是被榨取。

而在那个大国当中，还有一个统治与被统治的权力游戏。

要让所有人都得到公平分配，这是不可能的。毕竟人类生来就自带了“性能差异”，每个人生存所需的能量都不一样，每个人渴望的东西也不一样。

但是，如果所有人都以“该有的模样”诞生于世上，那又

会如何呢?

说不定可以实现一个万人和睦的幸福世界。虽然就现在看来是荒诞无稽的，但是那样的未来，难道不是人类进化的终极模样吗?

（不对！）

那个歪理单方面看确实很对，但是其实有一个非常关键的错误……

“那是诡辩，辛格。”

“是诡辩吗？”

“那些人渴望一个神性机巧，其目的并不是实现一个理想世界，而是追求更完善的武器。虽然他们罗列了好听的名头，但我知道他们的底细。”

“可是作为理想的第一步，追求利益也是合理的。”

这句话，说得也对。社会是基于利益而进步的。为了给全人类带来改革，若没有眼前的“得”——报酬，就无法推进。

“谈文明理论，我是个外行人，还是交给那些指引世界未来的人吧。我只不过是按照大小姐的吩咐去执行罢了。”

辛格这句表明自己会盲从到底的话，不知怎的竟击中了雷真的心。

辛格这句话，与纯粹的依赖不一样。

这是一种决心。辛格认定爱丽丝是主人，决定将盲从视为自己的正义。

有一种忠义，是敢于纠正主人过错的劝谏。这是包含了勇气且宝贵的忠义。

然而，辛格的忠义不一样。如果爱丽丝出了差错，他愿意和主人一起承受那个差错导致的结果、罪孽和惩罚——这就是他的决心。

雷真觉得，这也算是一种宝贵的忠义。

“差不多到达指定的地方了。”

辛格放慢了脚步。不一会儿，前方便能看到一处断崖。

在那陡峭悬崖下的一片漆黑中，一座貌似城塞的建筑隐约可见。

“请把手给我，赤羽先生。这里落差很大。”

辛格伸出了自己的大手。握住那只手，不仅让雷真觉得难为情，也有一丝恐惧。毕竟他曾经差点死在辛格手里。

虽说把自己交到辛格手上的行为让人捏一把冷汗，不过雷真还是握住了那只大手。

接着，辛格启动了自己的“完全统制振动”，抱着雷真飘浮起来。

他们飞过半空，滑翔一般地降落到悬崖下方。

“赤羽先生，我非常讨厌您。”

“这一点我很清楚。干什么，突然这么说？”

“我对您的讨厌，仅次于腐尸在盛夏湿气中散发的恶臭。”

“至于那么讨厌吗！你到底想说什么？”

“即便如此，此时此刻，能不能请您相信我——不，是相信那位精神已经彻底腐烂的大小姐？”

“……相信她？”

“只要短暂的……刹那间的信赖就足够了。”

他的声音听起来极度担忧，不过很快又变回往常的腔调。

“即便让您瞧见我这肤浅的真心也没什么用吧，因此我得说明一句，万一我判断错误，可就没办法拯救赤羽先生了。”

原来如此。刚刚那些话的效果简直让人作呕。

过了一会儿，辛格降落到悬崖底部的地面上。

地面上有一层朦胧的光。远远望去，能看到一块貌似大理石的物体，走近了一瞧，才发现可能是一块魔法合金，被打磨得铮铮发亮。

他们继续走了几分钟，渐渐看到了一座“宫殿”。

这座神秘的建筑有着清真寺一般的圆形屋顶，像白宫一样美轮美奂。

“你果然来了，雷真。”

宫殿的露台上传来了一个声音，爱丽丝就在那里等着。

“嗨，爱丽丝。这是什么？宫殿……吗？”

“‘愚人的圣堂’——又名‘Spriggan Z Cycle’。”

这些词雷真一个都没听说过，原始周期(Alpha Cycle)他倒是知道。

见雷真一副不了解的样子，爱丽丝耸了耸肩。

“说到‘人造灵魂’的构造装置，你会联想到什么？”

“……是我听错了吗？好像听到‘灵魂’这个词？”

“先不讨论灵魂这种东西是否真的存在，这个就是，能够生成‘自我意识’的集合体，并将其固定在空间内的魔法装置。”

爱丽丝不再往下解释，而是眯着眼睛看向辛格。

“辛苦你了，辛格。成功地把他引到这里来。”

虽然雷真也不是没考虑过这个可能，不过还是感到了一丝打击。

爱丽丝一弹指尖，“虚像”退去了魔法效果，随后黑暗之中便陆续出现了人影。这些人影有二十个以上，其中有一半穿着中世纪骑士的铠甲，戴着十字架镂空的头盔。

他们当中一位看似首领模样的俊美青年往前迈出一步：

“你大意了呢，‘倒数第二’。居然这么轻易就中了招。”

“罗森堡……”

那个曾经被雷真击破野心的德国留学生——罗森堡，居然率领着骑士团，出现在那里。

## 3

院长公馆的办公室里。

蓄着满脸大胡子的绅士——院长正忙着确认公文。

他的秘书——艾薇儿就守在房间门口。她看了一下手表，接着无声地离开座位，并将佩刀别在腰间。

“嗯？你要去哪儿，艾薇儿？”

“已经三点了，我去喝杯红茶，休息一下。”

“能不能顺便给我泡一杯？”

“竟敢拿我当女仆使唤。胆子不小呢，老头。”

被狠狠瞪了一眼的院长缩起脖子：

“没有啊。我只是问你，能不能顺便帮我泡一杯……”

“院长不是有专属的女仆吗？”

“我想让你帮我泡。”

闻言，艾薇儿的脸蛋涨得通红，紧接着，又气得发青。

随着刀起刀落，院长的几根胡须在空中飘舞。

“小心我告你职场骚扰，臭老头！”

“我还想告你杀人未遂呢……”

艾薇儿在一瞬之间瞄准时机，猛地抽出佩刀——而那位年过五十的男人保持着坐姿，避开了这一记高速的攻击。这一轮攻防，非常人能够比拟。

“打扰了。”

就在这时，有人没敲门便闯了进来。来者年近八旬，眼睛里藏着智慧，嘴角却挂着几分诙谐，顶着一头白发，手里还拄着拐杖。

艾薇儿立刻变得拘谨，慌慌张张地把佩刀收回腰间。

“您好，帕西瓦尔教授总代表。”

“你好，女士。我可以和院长共享下午茶吗？”

艾薇儿回了一句“当然可以”，然而院长摆出一副不乐意的表情：

“真是可惜了，帕西瓦尔。你剥夺了我一个乐趣。”

“哦？是我鲁莽了……是什么样的乐趣？”

“艾薇儿，麻烦你跟格林伍德小姐说一声，让她去准备茶点。”

“遵命。”

艾薇儿鞠了一躬便离开了。没等主人邀请，帕西瓦尔就自顾自地坐到了访客专用的椅子上。院长也在他的对面落了座。没过多久，能干的女仆将备好的茶点送到了办公室。

在女仆倒好红茶，退出房间前，两人都没有开口说一句话。

直到两人独处，帕西瓦尔才抬头看看窗外那片已经染成橙色的天空。

“那个东方来的乡巴佬，好像潜入地底准备做些什么。”

他如此说道，口气像是在谈论天气。

说完，他重新面向院长，带着仿佛发现小孩子在恶作剧一般的眼神说道：

“你还真下得了狠心啊。我还以为你不舍得丢掉那玩意儿。”

院长将茶杯送到嘴边，支吾着道：

“我没有丢掉，只是放手罢了。”

“一样的意思。真让人同情，那么费尽心思得到的东西……还是说，你——打算赌一把？”

“哼……果然瞒不过你的眼睛啊。”

院长苦笑着点点头：

“你说得没错。我们要摆脱帝国的控制，在魔法世界里建立‘新秩序’。”

帕西瓦尔看似愉悦地抖了抖肩膀：

“这话说得滑稽。一直以来我们都是靠着魔法师协会的庇护，无视王室的意向，随心所欲、有的放矢，如今却要拒绝协会的权威。”

“这就叫自立门户。魔法师的祖先也曾舍弃神明的庇护，踏入了睿智与探索的世界。我们——不，魔法师们也必须这么做。不仅是学院，还有未来的孩子也是一样。当然还有那些。”

“你即将走上的路岂止是自立门户，简直是欺师灭祖了。”

“欺师灭祖其实就是自立门户的隐喻。钻石的原子排列很漂亮对吧？”

院长眉毛下那双犀利的眼睛里，闪烁着妖媚的光彩。

“所谓构造，越是简单就越强大。世界上不需要两个或三个权威。”

“哦？你这番谬论，想必陛下听了会不乐意吧？”

卢瑟福没有回答。

只不过，他扬起一边的大胡子，笑得讽刺。

## 4

一场令人烦躁的重逢。雷真叹了一口气，抬头看着敌人。

辛格并没有说话。

对手就是罗森堡——曾经被洛基打得落花流水的德国名门贵族。

由于是被学院开除的身份，罗森堡没有穿校服，而是穿着一件装饰过多的军服，似乎是骑士团的制服。

“这还真是……冒出好多张令人怀念的脸啊。”

雷真心存不快地调侃道：

“你们这些不学无术的家伙都被赶出‘晚会’了，现在还待在学院里做什么？”

罗森堡只是阴阴地笑着。围在他身边的团员们也没有任何激烈的反应。他们都冷静到不受挑衅，是一群强敌。

雷真仔细地数了数对方的人数。

包括罗森堡在内，人偶师有十一个，而骑士人偶有十个。

其中有一个人偶，明显不同于骑士人偶们。

那是一具金属制的机械人偶。它的手臂比身体大了许多，相对的，腿却显得很细。巨大的装甲板覆盖了它的上半身，与洛基披在身上的那件外套相似。

两边的手腕处分别附着三片蹼状的零件，很像鱼的背鳍。那些明显是刀片，估计在攻击时会从手腕处射出，当钩爪一样使用。从手臂的大小和这些刀片可以看出，这是一个以力量为优势的格斗型人偶。

然而它的下盘很弱，机动力想必跟不上它的脚力。不过，借由魔法也能获得高速机动力，舍弃脚力也是一个办法。

齿轮嘎吱嘎吱地响着，看起来很是古朴。设计理念和零件的形状也隐约有种过时的味道，这是一具古董人偶吗……

虽然不知道这个人偶的底细，不过有一点雷真很清楚。

那人偶绝对隐藏着惊人的性能。

如果机巧士兵的性能更强，他们应该会使用这个吧。既然特地出动了这个人偶，可见它的战斗力在辛格之上。

“把‘倒数第二’抓起来！”

罗森堡一声令下，骑士团便一起出动了。

他们滑翔一般地飞过半空，将雷真团团包围。这是一个理想的包围圈，既保留了适当的间隔，又堵住了雷真的退路，每一步都没有破绽。

（怎么办——）

雷真受过“迷宫的魔王”的教导，学会了红翼阵。虽然不

及格丽泽尔达，不过他也能够以肉身与自动人偶搏斗。

然而，对手是机巧士兵。它们所配备的“完全统制振动”，基本上都是与辛格一样的能力，其攻击力和持久性都不容小觑。

更何况，罗森堡也有一个底细不明的自动人偶。

做出抵抗会有危险——这一点是毋庸置疑的。但或许正因为如此，才更应该抵抗。既然双方战斗力有差距，一旦被捕，他就没辙了。

怎么办……

雷真看向爱丽丝，发现她正笑着，那眼神高兴得就像看到猎物掉进陷阱一样，她享受着雷真走投无路的模样。

因此，雷真也明白了。刚刚辛格说了什么来着？

（原来说的是这么回事啊……）

雷真咂了一下舌，两手举起，表示自己没有抵抗的意图。

罗森堡很是意外地瞪大了眼睛。

“哟，这是不打算费力气反抗的意思？”

雷真无视了这句话，背过脸去。爱丽丝则是代替他回答道：

“也是，毕竟我们拿夏尔洛特当人质。虽然很无趣，但这个判断很妥当。”

“既然如此，抓住他！可别大意了。”

骑士们将雷真控制住，并给他套上魔力绝缘的手铐。

魔力的释出被隔断之后，雷真感觉到一种令人窒息且闷热的不快。看来这个限制魔力的工具非常强劲。

绑住雷真之后，爱丽丝转身面向罗森堡：

“好了，我已经把宝物交给你了——这算交易成功了吧？”

“嗯嗯，那是当然。不过……很抱歉，你似乎糊涂到忘了契约的细节。我们想得到的东西是什么？”

“活生生的赤羽和Spriggan Z Cycle的观测数据。凭我们自己的门道，能够入侵到这个中枢位置——已经算是侥幸了吧？”

爱丽丝指了指脚下的“圣堂”，罗森堡也颔首说道：

“确实是侥幸。即便是从外部，能够对它进行观测并记录也算是一大收获了。我们应该给你付一些报酬呢。例如——”

“例如学院希望重获德国的信赖，以及MK4样本的转让。”

爱丽丝用纤细的下巴指了指辛格。然而——

“哎呀……可是我们认为，你们该得的报酬是——”

罗森堡的脸像龟裂般地露出一抹笑。

“我们的报复呢……”

骑士人偶们齐齐拔剑。

人偶师们往人偶身上灌满魔力，个个都是蓄势待发的架势。此时爱丽丝和辛格才发现，对方的站位不仅包围了雷真，连他们自己也成了瓮中之鳖。

罗森堡悠然自得地缩短与爱丽丝之间的距离。

“既然得到了赤羽一族的血统，我们就按照当初的计划，处置你这个背叛者，并且毁了MK4。”

“唉，我就料到会是这样……”

在爱丽丝笑着说道的那一瞬间，某个物体闯了进来。

随着一阵猛烈的撞击，那个物体“嗖”一下落到了魔法合金的地面上。

令雷真感到震惊的原因有两个——

一个是，刚刚那阵撞击居然没让地面出现任何裂痕，其韧度足以令人惊叹。

另一个是——

这个降落的物体，是一名身穿黑色和服的黑发少女。

“夜夜！”

夜夜迅速绕到雷真身后，一声“嘿咻”之后，凭蛮力扯断了那个限制雷真魔力的道具。

辛格也如同事先商量好一般行动起来，跻身闯入爱丽丝与罗森堡之间。

“你没事吧，雷真？”

“没事。你怎么知道我在这里？”

“不是说过了吗，夜夜会随时随地跟随着你。”

“原来是你在跟着我啊……”

刚刚在地下道里察觉的气息，原来就是夜夜啊。

不对，慢着。刚刚他明明感觉到的是一股敌意来着？

“说吧，那个不要命的金毛女在哪里？你不是打算让夜夜去解决……”

“我没有那个打算！那股敌意的原因居然是这个！”

看来那是针对奥加的、隐藏不住的杀气。

夜夜环视了四周，发现爱丽丝在场，大吃一惊。

“那个人是……这么说，该不会……”

“没错。那个奥加是冒充的——”

“不仅奥加小姐，你居然还染指了爱丽丝小姐？”

“为什么你会想到那一边去啊！其实奥加的真面目就是爱

丽丝啦！”

雷真一边吐槽，一边感觉到自己的胸口渐渐变得发烫。

夜夜也和辛格一样。

他们都认定自己的主人是绝对的善，下定决心不论主人前往什么地方，都会跟随着。

夜夜曾经说过，不论何时她都会护着雷真。就算雷真判断有误，她也决定一直相信他到最后一刻——这是一种彻彻底底的托付。

（正因为如此，我觉得不能出错。）

雷真重新做出决断，与骑士团正面对峙。

罗森堡饶有兴致地看着爱丽丝。

“这是怎么回事，爱丽丝？”

“问的什么蠢问题。就是这么回事啊。”

下一刻，一大批人影从外围将骑士团的人团团围住。

他们撤去学生礼服，换上了增加实用性的战斗服。看上去与警卫的制服有些相像，但关键的差异在于那白加蓝的色调。另外，他们还带着一批特制的量产型自动人偶，看着比普通的人偶机体还要大上两圈。

夜夜也一脸吃惊的模样，很是稀罕地眺望着那群人。这些应该是警卫吧——不过雷真和夜夜都是第一次见到他们。

“这些人是……怎么回事？”

“‘伏击卫兵队’，是专门攻打或驱逐侵略者的特别部队。”

爱丽丝向满脸困惑的雷真解释道：

“虽然警卫是理事会管辖的，不过他们直接听命于院长。”

也就是说，院长出手了！

爱丽丝以一种从容不迫的口吻，对着罗森堡挖苦道：

“你太大意了，罗森堡。居然这么轻易就中招了。”

原来如此。爱丽丝从一开始就打算与罗森堡对着干了……

辛格在稍早前曾说过：“请相信大小姐。”

这句话的意思就是——爱丽丝并没有背叛雷真。

爱丽丝的目的是引来“十字架骑士团”的余党，并将他们一网打尽。

为此，她必须把雷真这个诱饵引过来！

“你想不通为什么我指定在这个地方进行交易吗？”

爱丽丝露出一抹残酷的笑，逼近罗森堡。

“即便你们从外侧观测‘圣堂’，也无法对其构造得到一星半点的了解。学院这一方没有任何损失。更何况，如果在这里大闹一场，卫兵队不可能坐视不管的。”

看来……她原本就打算利用学校的警卫来排除异己。

只不过，她的手段太拐弯抹角了。院长如果有那个打算，也没必要耍这种花招，可以从正面击破他们。然而……

爱丽丝没搭理雷真的疑惑，而是开始说起结论：

“爸爸是一个冷酷的魔法师，他完全不考虑与你们这些毫无利用价值的人和解——这场戏就此闭幕吧，罗森堡。”

听完爱丽丝最后一句话，罗森堡才抬起头：

“大意了。实在是……太悲哀了。”

他呵呵笑道，看似愉悦，却又可怜。

爱丽丝的眉头微微一皱，而雷真没有漏过这一点。

他的脑内亮起了危险信号，脖子上窜过一阵麻麻的战栗。

雷真立刻发动了金刚力，待自己的肉体适应了效果，便像子弹一般飞奔出去。

一瞬之间，他跃上“宫殿”的阳台，抱起爱丽丝一跳——

真是千钧一发，爱丽丝刚刚所站的地方，爆出了一阵强烈的雷电。

五名卫兵在阳台上着落，仅凭刚才的一瞬间便缩短了双方距离，一起放出电击。这招突袭非常成功，连辛格也来不及反应。

这些卫兵比普通人更加灵敏，要是雷真的反应慢了些许，爱丽丝已经炸得焦黑了。

雷真感到一阵混乱。院长直辖的警卫居然攻击爱丽丝？

只见罗森堡用右手挡着脸，似乎在抑制自己的笑意。

“呵呵……确实！如你所说，卢瑟福是一个冷酷的男人！”

在雷真臂弯中的爱丽丝僵住了。

不过她的领悟力实在高，刹那间的狼狈之后，便弄懂了事情的状况。

“原来是这么回事……”

“到底是怎么回事啊！给我解释！”

雷真摇着爱丽丝，但她没有回答。

看到两人这副模样，罗森堡毫不掩饰地嘲笑：

“看来你脑子不够用啊，‘倒数第二’。”

“毕竟我是‘倒数第二’啊。你倒是好好解释一下，让我这个差生也能听懂。”

“不论我们多么厉害，到底也不是学生了。如果没有院长

的许可，你觉得我们能够如此自由行动吗？”

“什……”

“那个女人的狡猾程度，我可是有着切身的体会。这点准备工夫还是要做的。”

“喂，爱丽丝！这是什么意思？”

“很简单啊……”

爱丽丝发抖了，完全不像她一贯的做派。

她脸色发青地低语道：

“我被爸爸……抛弃了。”

# Chapter5 各自的理由

## 1

雷真无法相信自己听见的话，定睛凝视爱丽丝的脸。

爱丽丝的双眼微微颤抖，焦点游移不定。

雷真转头看着辛格，想向他求证。辛格也脸色发青。但为了保护爱丽丝，他仍然没有放松警惕。气魄悲怆，态度专注——让人完全不觉得他是在装模作样。

“说抛弃也太容易让人误会了。”

罗森堡耸了耸肩，唾弃道：

“是阁下先背叛了卢瑟福吧？”

“这话是什么意思？”

雷真如此问道，接着罗森堡浮现出愉悦的笑容说道：

“卢瑟福肯定这么命令过爱丽丝——‘把辛格交给德意志帝国’。但是，她以‘院长的使者’的名目，提出了另一个提议。”

“你说的另一个提议……是什么啊？”

“交换条件。让学院看管辛格，代价是允许我们观测‘愚者圣堂’的外部，而且还要交出雷真·赤羽。”

“不过我觉得这个条件太过分就是了。”

爱丽丝软弱无力地小声说道。罗森堡点了点头，继续说道：

“没错，太过分了。因此，我等通过另一个渠道查证学院的真实意图。”

“呃！”

“卢瑟福得知阁下自作主张之后，曾经这么说过——‘女儿的行动和我没有关系’。也就是说，即使我等向阁下报复，学院也不会有所行动。”

“所以……你就和爸爸合谋，来杀我……是吧？”

“现在我很同情阁下，爱丽丝。实在讽刺。阁下曾经多次欺骗和背叛他人，这次竟然被自己的亲生父亲背叛。”

雷真只理解对话内容的一半，但依然感到惊愕。

（这家伙被别人玩弄于股掌之间？）

借用辛格的话，这家伙喜欢欺骗他人胜于一日三餐，这次却在互相欺骗的比试中落败。

她茫然了。

直到最后，她还是相信了父亲，没办法抛弃自己对父亲的期待。

爱丽丝已经失去了战意。她只能蜷缩身体躲在雷真的臂弯内，任人摆布。辛格和夜夜进入了临战状态，但是形势极其不利。敌人有十名辛格的同型机，卫兵有十二名之多。

这里是地下防空洞的正中心。雷真等人被包围，无路可逃。

如果只有雷真和夜夜，或许可以强行突破，然而……

爱丽丝大概也领会了这个想法，她说出了这种话：

“事到如今，我就先告诉你吧。诅咒的解除口令是……”

“别说了。情况危急时会听错的，待会儿再慢慢告诉……”

雷真还没说完，一名骑士就从背后冲了过来。

夜夜早已做出反应。她转了一圈，送给骑士一记强力飞踢。

完全统制振动的防御力确实惊人。踢腿的冲击和对方的速度互相抵消……

最终夜夜的飞踢获胜。

骑士被踢飞。但是，对方并没有受到多大的伤害。骑士在空中停了下来，一瞬间过后，便再次冲了过来。

那就是开战的信号。骑士和卫兵一齐冲了过来。

一名卫兵以惊人的速度逼近爱丽丝，指尖释放出火花四溅的雷电，电压极高。一旦被击中就完了，肯定会被击晕。

辛格对此做出了反应。他使出锐利的飞踢，一击便击败了卫兵。

夜夜也用脚后跟击败了眼前的一个卫兵。她的单体性能并不逊色于对方，或许可以顺势压制对方……但这种天真的期望立即破灭了。

暂且不说卫兵，完全统制振动是强敌。

它能承受夜夜和辛格的攻击。如果无法一招制敌，那数量占优势的一方就更有利。夜夜被剑砍中，然后被撞飞。不立刻支援她的话，形势便会越来越不利。雷真离开爱丽丝，向夜夜那边跑了过去。

罗森堡就等待着这一瞬间。他释放出强大的魔力，让魔力流入巨臂战士体内，给予其强大的力量。

战士伸出了鳍状的部件，不出所料，部件变成了钩爪。

然后战士冲向爱丽丝。雷真才刚刚起跑，已经来不及回头！

爱丽丝似乎接受了自己的命运，闭上双眼。

她露出殉教者一般的神情，大量的鲜血染红了她的脸……

血既不是雷真的，也不是爱丽丝的。

辛格的胸膛，挡在爱丽丝的身前。

他的背部被撕裂，伤口一直贯穿至胸口。敌人的钩爪轻而易举地贯穿了本应如铜墙铁壁般坚硬的完全统制振动。看来对方的攻击在一瞬间战胜了辛格的魔力。

“辛格？”

爱丽丝呆然地嘀咕道：

“辛格……你真傻……受了这么重的伤……”

辛格把背后的敌人踢上天空。巨臂战士轻盈地跳跃，回到罗森堡的身边。辛格转过身，一直保护着爱丽丝。

伤口相当深，能看见骨头和内脏。如果人类挨了这一击，肯定是致命伤。

“实在是……遗憾，Mr.赤羽。”

辛格背对着雷真，犹如要留下遗言一般地说道：

“没想到……我竟然会有打算依赖你的一天。虽然令人生气……但请务必……保护好大小姐。”

“轰”的一声响起，辛格的魔力在燃烧。他打算把体内剩余的力量全发挥出来。

“夜夜，过来。”

“是！”

夜夜踢飞骑士，跳到雷真身旁。

雷真把魔力输送到她的背部。夜夜似乎因此理解了雷真的意图。她放低身子，面朝天花板蓄力。

“吹呜绝冲——‘久木太刀影’。”

她一口气释放出积蓄的力量。一个黑影犹如爆炸一般贯穿天穹。

轰隆一声巨响，防空洞的天花板穿了一个洞，瓦砾掉落。一丝月光犹如蜘蛛丝一般射进了防空洞。

“那家伙想逃！准备追击！绝对不能放过他们！”

罗森堡赶紧下达指示，但是为时已晚。

辛格已经做出反应。他宛如饥饿的猛虎，又或者呼啸的暴风，丝毫不顾自己身体喷涌出的鲜血，一见敌人就将其攻击和扫倒，为雷真他们制造逃脱的机会。

雷真的魔术已经启动完毕。他迅速地抱起爱丽丝，跳向正上方。

他大幅度压低了初速度，但爱丽丝遭受的负荷依然强烈得可以致命。爱丽丝吐了一口气，然后全身失去了力气……看来她晕了。

雷真的跳跃力似乎被过度压制，他的身体差一点没办法够到地面。

他用右手抱着爱丽丝，接着伸出了左手。指尖在空中划过……

然后，夜夜抓住了他的手。

她贴在岩石的侧面，等待着雷真跳上来！

夜夜把雷真扔上地面，自己也轻盈地跳出了防空洞。

雷真和夜夜一边跳上地面，一边凝视下方。

在他们的正下方，辛格正好被十把剑刺穿。

## 2

雷真和夜夜跳上的地方，是学院的“大庭园”。

“没事吧，雷真？”

“我没事。比起这个，还是先担心爱丽丝吧。”

刚才的跳跃惯性不小。要是普通人，死了也不奇怪。

“爱丽丝，振作一点！你不要紧吧？”

爱丽丝一边咳嗽，一边缓缓抬起头。

“我说过吧……很不巧，我的身体有一半以上是自动人偶……”

“雷真！快走吧！”

雷真在夜夜的催促下，跑向校舍后面。

当前时间已过下午六点。树丛一带杳无人烟，不用担心遭到指责。目前也没发现警卫。

雷真一边提防追兵，一边放下了自己抱着的爱丽丝。

爱丽丝瘫坐在地，像坏掉的人偶一般，一动也不动。

“喂，振作一点啊。现在可不是沮丧的时候啊。”

“我根本没沮丧啊。我原本就不相信任何人，即使是亲生父亲也一样。”

“刚才，罗森堡那家伙说过吧？原来你把我卷进这事，不是接到了院长的指示，而是你自作主张。”

“是啊。这算自大……吧。我以为可以瞒住那些家伙。还有……我以为爸爸会把我的擅自行动看成有效策略，认同我的做法。”

她未经院长许可就进行了危险的赌博。即便如此，只要院长认为有好处，就会允许这种赌博——综合一直以来的情况来看，她是这么判断的。

然而，院长并没有允许。不仅如此，他还想杀了爱丽丝。

“雷真……你会下国际象棋吗？”

“怎么啦，莫名其妙地提这个。”

“棋子这种东西呢，关键在于掌握好舍弃的时机，慢一步和快一步都不行。”

爱丽丝目光忧郁。

“只要是为了达到目的，女王也可以当弃子，无谓的私情就应该抛弃。而且，卢瑟福根本不会夹带一丝私情。但是，其实我……”

她似乎无法压抑自己，呵呵地笑了出来。

“在内心的某个地方，期待过他的目的是我……”

雷真没能理解她在说些什么。

不过，看得出她非常伤心。

“雷真，接下来要怎么办？”

夜夜问道。雷真当机立断：

“总之先躲起来吧。不过我们只有一个地方可以去就是了。”

“又去找老师吗？”

“事到如今，管不了那么多了，顾不得欠她多少人情。”

去金波莉的研究室。这么一来，也能解开夏尔的诅咒。

“但是，去那里很难。既然院长也参与了这件事，学校内肯定戒备森严吧。”

“这你不用担心，我已经叫了援军。”

夜夜骄傲地挺起胸说道。这时候头顶上的树枝沙沙作响，一名身穿和服的少女就像看准时机一般跳了下来。

那是一名腰后插着银剑、长着枫叶色头发的少女……

“你没有我果然不行啊，雷真。”

“小紫！你来啦！”

“不对，雷真！这种时候你应该说‘你叫了小紫过来吗，夜夜’！”

“干脆，让我来代替夜夜姐姐吧？”

“呵呵呵，小紫还真淘气呢呵呵呵。”夜夜说完，传来一阵咯吱咯吱的声音。

“别折断大树啊夜夜！会被发现的！”

总而言之，算是得救了。有小紫在，就可以大幅度降低移动过程的风险，接下来的行动也会有一丝胜算。

“好，我们赶快去金波莉老师那里吧。爱丽丝……”

爱丽丝一直瘫坐在地，一动也不动。

“怎么了？是觉得哪里疼吗？”

“你就别管我了。”

“快站起来啊，一起去夏尔那里。”

“想知道解除口令的话，我就告诉你吧。首先……”

“好了，快站起来。你要负起责任解除诅咒。”

雷真打算抓住她的手臂，爱丽丝的双眼瞬间燃起了怒火。

“不要再管我了！”

她大叫道，用力甩开了雷真的手。

雷真呆若木鸡，不知所措。

他还是第一次看见爱丽丝大叫，而且——

这也是第一次看见她真哭。

“呵呵……很滑稽吧？很好笑吧？我究竟误会了什么啊？”

爱丽丝泪如雨下，泣不成声。

“我早就知道……爸爸是一个怎样的人……明明知道的！别说让他承认辛格的所有权……我还把辛格弄坏了……我……究竟在干什么……”

话语的后半句已经泣不成声。她挡着脸呜咽。

爱丽丝的气派并不逊色于夏尔，或者说甚至更胜一筹，如今她却不顾旁人的目光抽泣着。平常充满自信的脸庞扭曲得令人痛心。

雷真不知道爱丽丝肩负着什么。

夏尔和安利因为她的计谋而陷入危机，洛基和芙蕾也差点被杀。

在她暗中活动的背后，肯定存在着牺牲者。为首的是执行部议长塞德里克·格兰比尔和莉赛特·诺顿。

但是，即便如此……

如今，爱丽丝在这里，因为被父亲抛弃而哭泣。

她看上去就像一个随处可见的柔弱少女。

雷真想安慰她，但脱口而出的是斥责——

“丧气话待会儿再说！”

他抓住爱丽丝的肩膀，强迫她看着他。

“你想拿回辛格吧？那现在就按我说的去办！”

“你说拿回来？”

爱丽丝一边哭，一边讥讽地微笑道：

“你真笨呢。这怎么可能办到啊。而且，辛格已经……”

“那家伙怎么可能这么轻易就死掉。而且，罗森堡不会杀他。”

爱丽丝露出一副猛然醒悟的样子，抬起了头。

“那些家伙让你逃掉了。然后，你很想得到辛格。既然如此，那罗森堡就不会杀他，而是把他当成自己的筹码——罗森堡就是这样的男人。”

雷真故意用挑衅和取笑一般的语气说道：

“怎么了？这种道理，平常你花一秒就明白了吧？”

“是0.1秒。”

爱丽丝一边抽鼻子一边贫嘴。她已经恢复了平常的样子。

“但是，我不明白。看你这口吻，就像你想救辛格一样。”

“我要救他。”

爱丽丝、夜夜，甚至不了解情况的小紫都睁大了双眼。

“我很记仇，有仇必报。但是……我也不会忘记别人对我的好。”

“你说辛格为你做过什么？”

“就是刚才啊。逃跑时辛格帮了我一把。所以，我也要救那家伙。”

“真是一个令人吃惊的男人呢。居然是这种理由。”

“吵死了！少说废话，快帮忙！”

爱丽丝看似深受感触一般睁大了双眼。

她低下头，挡住了自己的表情，就这样过了几秒。

当她再次抬起头的时候，已经恢复了平常那种从容不迫的神情。

“竟然求我，你想欠我人情吗，雷真？”

“嘿，这才是性格扭曲的千金小姐！”

雷真伸出手。爱丽丝定睛注视着他的手，自嘲道：

“我没有资格握住这……”

雷真没让她把话说完。他强行抓住爱丽丝的手，让她站了起来。

“为了达到目的，就必须抛弃私情。尤其是你这种无聊的感情。”

爱丽丝的表情一下子崩溃了。她一边号啕大哭，一边就像幼儿向父亲撒娇一般用力握住了雷真的手。

雷真一边感受着从背后射来的夜夜的冰冷目光，一边牵着爱丽丝的手起跑。

## 3

金波莉的研究室里放着像棺材一样的大化妆箱。

箱子有两个。金波莉原本肯定热切期盼着货物到达，但她在拆开的途中就把货物扔到一边，神色凝重地陷入沉思。

忽然间，她一下子变得很紧张。

她伸手拿起怀里的短剑，直直地瞪着研究室的门。

然后，她叹了口气：

“你太得意忘形了,‘倒数第二’。我看得一清二楚。”

虽然嘴上说的是“看得一清二楚”,但雷真的隐形很了不起。隐秘性的水平比以前更高，就连金波莉也看不见他的身影、感受不到动静，连气味也闻不到，但是不知为何她发现了雷真在“心虚”。

不久后，雷真的身影犹如从空中渗出一般浮现出来。

不止他一个，还有夜夜和小紫，以及……

“爱丽丝！”

连金波莉也露出了一副出乎意料的神情。

她是使用爱丽丝·伯恩斯坦之名报读的少女。

金波莉也已经听说了她的真实身份。

“真是来了稀客啊。虽然话是这么说，但我可不认同非法入侵。”

“那真是不好意思，但我们也有很多苦衷。话说回来，为什么你会发现我们入侵了？小紫的伪装很完美吧？”

“你还真是不懂基本常识啊。结界和魔法阵是初级中的初级，像我这种超一流的魔术师，私人房间等同于牢固的要塞，怎么可能轻易地被人入侵。”

“警报结界？但是，我完全没感受到魔力啊？”

“你以为我的专业是什么。我自诩我的技术不会被你这种小鬼头发现，还好我没发动即死陷阱啊。”

她并没有说“还好不存在这种陷阱”。

雷真理解了她话里的意思之后，瑟瑟发抖。

“那么，你们有什么事？”

“我想请你帮个忙。”

“我拒绝。”

“简直就像我平常会说的话啊。”

雷真露出一副苦闷的表情。

“但是，拜托了。至少听我说说吧。”

“我倒不觉得你这么做能改变我的想法。算了，你就说来听听吧，要简短一些。”

她没让众人坐下，而是让雷真站着叙述。

雷真看起来相当焦急，于是快速解释了一番——

爱丽丝的真实身份。辛格被夺走。十字架骑士团。

以及，他们一行人在“愚者圣堂”里遭受了要击卫士队的袭击……

金波莉听完所有事情之后，重重地叹了口气。

雷真所说的，和刚才同胞带给她的情报如出一辙。

因此，她指着大门，无情地告诉他们：

“我先说结论，你们马上出去。我没什么可以帮你们的。”

雷真露出一副诧异的表情，就像脚下生根一般僵住了。

金波莉感到胸口刺痛。

（笨蛋……别摆出一副遭到背叛的表情啊。）

雷真一脸不能理解的表情，说道：

“为什么啊？当然，我也觉得我太依赖你了……但你至少

可以支援我们一下——比如查探学院和警卫的动态吧？”

“我讨厌笨蛋。你以为我会与学院为敌吗？”

金波莉定睛注视着雷真。雷真无法回答，默不作声。

“我是魔术师协会的人，换句话说就是间谍。我的自由当然是受束缚的。一旦我做了什么与学院为敌的举动，就会违背协会的意图——我一直以来的辛劳也会化为泡影。”

金波莉把嘴唇凑到雷真耳边，压低声音说道：

“‘愚者圣堂’是秘中之秘——即使是魔术师协会，也不能贸然出手。在几个月之前，他们甚至不知道有这么一个地方。”

她抱着肩膀，像告诫一般继续说道：

“学院在监视我。所以，你们马上离开这个房间。我什么都没看见也没听见——这就是我能给你的最大让步了。”

“我明白了。抱歉。打扰了。”

雷真爽快地妥协了。

他依次看了看爱丽丝、夜夜和小紫，像是要鼓励她们一般坚定说道：

“我们换个地方吧。在这里会给她添麻烦。”

四人匆忙离开。没有人说过一句怨言。

金波莉咬紧牙关。她产生了想殴打墙壁的冲动。

雷真妥协了，但这并不意味着他会放弃行动。

即使孤军作战，即使没有胜算，也没有关系。

就算是邪门歪道也要蛮干到底——赤羽雷真就是这么一个男人。

即使那家伙被我拒绝了，只有自己一个人，也肯定干得出这种事……

“你在犹豫什么？”

金波莉忽然听见这个声音，于是抬起了头。

克鲁艾尔就站在打开的大门前面。

完全没有脚步声，连动静都感受不到。看来即使他如今是学院雇佣的医生，身体也记得在战场上学到的东西。

金波莉不高兴地说道：

“哼，庸医。我根本没犹豫。”

“是习惯啦，习惯。”

“习惯？”

“你在焦躁的时候，就会那么做。”

克鲁艾尔指了指金波莉的脚。长筒袜绽线了，大概是无意识下用指甲抓过吧。金波莉生气了。

“也就是说你老是看着女人的腿啊。有什么事？”

“一上来就没好气啊……有工作要拜托你。”

他一边苦笑，一边提起手上的篮子。金波莉打开盖子一看，里面是变成球形的西格蒙特，和缠着西格蒙特的夏尔。

对了，她说服了不情愿的夏尔，让克鲁艾尔帮夏尔看诊，看看诅咒有没有引发内科方面的致命症状。

“你没被他做些奇怪的事吧，夏尔洛特？”

“喂！你当我是什么啊！”

“连学生也不放过的，喜欢萝莉的医生吧。”

“虽然无法反驳，但我也有我的美学。我只会对精神奕奕的患者恶作剧！”

“精神奕奕就不算患者了吧。”

克鲁艾尔咂了咂舌。他强行重振精神，递出病历。

“总之，龙大人的净化结束了。用圣化乙醇消毒，弗雷泽反应也消失了。诅咒的感染力已经降低到可以忽略的水平。”

接着他用手指指着夏尔说道：

“我给小姑娘打了魔力稳定剂。浓度没弄错的话——呃，肯定没弄错吧——她就可以正常地使用魔术了。”

“魔术？我没拜托你这么处理……”

克鲁艾尔意味深长地轻轻笑道：

“我是一个机灵的男人。事先做好这种处理是好事吧，在现在这种情况下。”

“你在……说些什么？”

“艾米。你是协会的战士、学院的教授，但同时也是一位女士。有一种正当的行为，大半女士都很喜欢。”

“绕什么圈子。你想说什么！”

“例如说，平淡无奇的小道消息……之类的东西。”

克鲁艾尔露出顽童一般的眼神看着夏尔。

夏尔吓了一跳，然后呆然若失。

金波莉立即就理解了克鲁艾尔的意图。于是她下定决心开口了。

## 4

雷真离开了研究室，藏在理学部后面的树丛中。

他让爱丽丝坐在人行道的凳子上，窥探周围一带的情况。

警卫在数十米远的地方匆忙地跑来跑去。但是，对方并没有发现他们。小紫的“八重霞”发挥出完美的隐形效果。

即使如此，雷真也认为被发现只是时间问题。

爱丽丝一言不发。夜夜一边留意她，一边问道：

“接下来要怎么办？”

“是啊……你们去侦察一下。”

“侦察？和小紫一起？”

“去查探警卫的动态和部署。如果发现可疑的人，就把他拖过来。”

雷真使了一个眼色。夜夜和小紫彼此对视，然后一起点头。

二人轻盈地向不同的方向冲了出去。

剩下两个人之后，雷真坐到爱丽丝身旁。

“你消沉什么呢。这可不像你啊，腹黑女。”

“你真是令人惊讶的蠢货呢。这种话能跟未婚妻说吗？”

“什么未婚妻啊。归根结底你只是想把我当护卫吧。”

“又或者是拿来当‘猪饲料’。”

“这话可不能跟未婚夫说啊。”

“或许我预感到爸爸会抛弃我吧。如果我打从心底信任学院，就没必要拉上你。”

“为什么说婚约啊？如果只是喂猪，那根本不需要什么婚约吧。”

“如果用婚约这个名目，你身边的女孩子都会远离你。”

“呃……”

“一旦夏尔洛特的诅咒顺利解除，我的作战计划就失败了。你的可怕之处，不在于才能和战斗技能，而在于发动身边人的能力。”

她太高估我了——雷真如此断定，但另一方面他也能想到一些头绪。

雷真遇到麻烦的时候，总会有人帮他。

“就算成功地让你脱离学院和日军……夏尔洛特和‘剑帝’姐弟也一定会为你而战。所以，我想隔开你们。”

原来如此。洛基突然想战斗，也是爱丽丝唆使的吧。

“而且，你还有可能招引新女人。”

“别把我说得跟色魔一样啊！”

虽说如此，但雷真结识了格丽泽尔达也是事实。

“但是，那么做的话，夜夜也会走啊。刚才也是，如果那家伙没来……”

“夜晚会来的。刚才她来了，对吧？”

“你能保证吗？”

“我自认为我了解她，虽然只有一点点。即使你有了恋人，和别人结婚，夜夜也不会放弃保护你。”

对，夜夜说过，无论何时，只要她还没死，就会继续保护雷真。

然后，今天她也遵守了约定。

忽然间，他们感受到附近出现了人的动静，紧张起来。

有两个女学生正一边谈笑，一边走过来。

她们完全没有发现雷真和爱丽丝，从二人旁边路过。所有学生都是优秀的魔术师，但看来她们即使近在咫尺，也并未感觉到不对劲。

爱丽丝露出微笑，钦佩地说道：

“隐形性能真出色啊，水平比以前更高了。”

“一直以来只是我没运用好而已。这家伙的魔术回路可是举世无双的花柳斋搭建的——连魔王也通用。”

“真了不起。比我的‘虚像’更胜一筹吧？”

她忽然笑了起来，望向自己的手。雷真也跟着爱丽丝望向她的左臂。

爱丽丝的手臂一直是通过“虚像”在加以掩饰，其实并不是肉身。

外形制作精巧，但表面用的依然是金属，还闪烁着暗淡的光泽。

“哦哦……八重霞让‘虚像’失效了。对，这就是我的身体。”

她像炫耀一般掀起裙子，露出大腿。

“不仅仅是能看见的部分。虽然用的不是夏娃的心脏，但我的大半心肺功能都是依靠机巧的。我既不算人类也不算人偶，是一种可怕的生物。”

“不对。你是人类。”

“嘴上怎么说都行。你敢和我一起吗？”

“敢。要是我们不小心结了婚，我每晚都要和你在一起。”

不知道这句话何等打动了爱丽丝的心。

她把头转到另一边，好一阵子都不肯看着雷真的脸。

“神性机巧不会受伤。”

然后，她一开口就这么说道。雷真感到困惑，这时候她才终于转过来看着雷真说道：

“教父预言过，‘理应成为始祖的神性机巧犹如完美的玉石’。意思是这世上制造出的第一个神性机巧是没有瑕疵的完美存在。按照字面意思来理解的话，神性机巧绝对不会受伤。”

“这世上真有那种物质吗？话说回来，神性机巧算人造人吧。是人类的话，就既会受伤也会死啊？”

“是人类，但也是人偶，内藏了魔术回路。”

“呃……”

“德国认为那预言是在比喻神性机巧拥有压倒性的防御力。因此，他们为了在实质上靠拢预言而开发了‘完全统制振动’——不过这算本末倒置就是了。如果能完全控制原子振动，那就能保证连一个原子都不会脱落，进而制造出绝对不会受伤的人偶。你也知道，很难打伤辛格对吧？”

确实。如果只是一两次，辛格甚至能承受住智天使的高热熔断。

“但是，就连辛格，在面对雪月花和‘魔剑’的时候也会受伤。”

能消灭物质的光栅加农炮自不用说。

只要凭借压倒性的火力进行攻击，魔力就会周转不过来，让其受到伤害。

“月之自动人偶夜夜怎样？”

“夜夜魔力耗尽的话也是一样。要是她遭到光栅加农炮攻击就完了，而且就连智天使的火焰剑也……”

“但是没人知道她今后会变成怎样，花柳斋的人偶是会成长的。”

对。夜夜隐藏着某些力量。夜夜的额头上好几次出现过角——类似能量集合体的东西。

夜夜每天都在体内培育连雷真都不知道的力量。

“即使如此……不知道夜夜的内心又如何呢？”

爱丽丝抬头看着月亮，自言自语一般地说道：

“无论得到了多么坚固的身体，如果被你抛弃了，她肯定会伤心吧。神性机巧不会受伤——这个预言包括心伤吗？”

“你为什么突然说起这个……咦，喂！你去哪里啊？”

爱丽丝脚步不稳地站了起来，打算离开凳子。

“当然是去拿回辛格啊，要是失去他就太可惜了。事到如今……他是我唯一的财产。”

她只会这么说，只懂这种做法。

如此笨拙的做法让雷真惊呆了，他重重地叹了口气。

他解除了八重霞的效果，故意提高音量，让别人听见。

“你不想让辛格死对吧？”

“呃……”

“威胁我，还有让我和洛基对立、让夏尔失去力量、支走夜夜和芙蕾，都是为了救辛格吧？”

“唔……”

“因为你觉得辛格会被当成叛徒而被处理掉，所以你才会不惜违背院长的意愿，打算一个人迎击德国……没错吧？”

爱丽丝还是没有回答。

她的沉默胜于雄辩，表明了她的真实意图。

雷真用双手抓住爱丽丝的肩膀，在她耳边怒喝：

“那么，为什么不打从一开始就说‘帮帮我’呢！”

爱丽丝讥讽地笑道：

“说了，又能如何？”

“如果你肯说……就可以更早得到这些家伙的帮助了吧？”

他让爱丽丝转过身，然后用下巴指了指自己的背后。

爱丽丝看见雷真背后的人们，脸色一变。

骑着幼龙的缩小版夏尔，以及带着机械人偶智天使的洛基，带着拉比的芙蕾，还有夜夜。

夜夜根据吩咐，在“侦察”时带他们过来了。

爱丽丝哑然无声，然后有些胆怯地移开了目光。

夏尔让西格蒙特飞到爱丽丝的眼前，冷漠地说道：

“也就是说，又是你干的好事啊。”

她交叉双臂，愤然地放言道：

“我就觉得奇怪。这个下流的笨蛋竟然会和奥加这样的公主殿下有婚约，真是荒天下之大谬啊！”

“别把大自然的天理都搬出来！就算我有一两个未婚妻也没什么吧！”

“两个太奇怪了！寡情薄义！”

“别抓住这个不放，只是修辞而已！”

“真是一个不可救药的笨蛋王呢，笨蛋时空的绝对笨神。难得晚会进行得很顺利，你却又涉足危险的事！”

“我是被连累的啊……你知道情况吗？”

“是金波莉老……不对，是听说了小道消息。”

这样啊，是金波莉告诉他们的啊。

即使她不能直接协助，至少也能传播小道消息。

“没办法，就让我这个优等生来协助你吧。你要感激我！”

爱丽丝呆若木鸡，像是脱口而出一般插嘴道：

“你忘记我对你做过的事了吗？对你们姐妹做过的事。”

“我记得。说实话，我真想现在立即用光栅加农炮报复你。”

“那么……你为什么不那么做？”

“因为你在自己即将被杀的时候，打算去救人偶。”

爱丽丝说不出话。夏尔似乎也突然感到难为情，继续说道：

“这，这只是我一时兴起！输家就乖乖接受别人的帮助吧。而且，不救你的话，诅咒也解不开吧？我还有多得像山一样的事情想问你呢，比如我父母的事。”

“夏尔，你的口吻太假惺惺了。”

“闭闭闭嘴，西格蒙特！继续说的话我就把你午餐的鸡肉换成热牛奶啦！”

“‘剑帝’你呢？为什么会来这里？”

接着，爱丽丝向洛基问道。

洛基的红色眼珠倒映出爱丽丝的身影，甚至释放出杀气。

“那家伙——‘永不凋零的蔷薇’来了，是真的吗？”

永不凋零的蔷薇，是罗森堡在晚会的登记代号。

雷真代爱丽丝点头说道：

“我亲眼看见了。那些家伙的老大是罗森堡。”

“那么，我就有战斗的理由。爱丽丝（你）的事和我无关。”

"你要帮雷真？你们已经反目了吧？"

"哼，那种无聊的挑衅，我怎么会上当。"

洛基嘲笑道。

爱丽丝呆若木鸡，雷真在她身旁解释：

"如果你说的是昨晚的事，洛基根本没打算杀我啊。"

听见雷真的话，不仅爱丽丝，连夜夜和芙蕾似乎也很吃惊。

一行人的目光集中在洛基身上，他厌烦地解释道：

"有心怀恶意的人进入了学院……"

他指了指芙蕾身旁的狗——拉比。

"加姆们通过嗅觉发现了这件事。但是，不知为何，学院的警卫放过了那些家伙——因此，奥加来找我的时候，我就知道是那些人唆使的。只要我假装被奥加摆布了，你们就不会留意我。"

"你让我们大意而不再注意你，然后自己暗中调查情况？"

雷真轻笑道：

"我和这家伙都是现实主义者。只要可以轻松地找出马格纳斯，我们就没有理由现在厮杀。我还有利用价值，他没理由消灭我。"

"也就是说你们相互信任。关系真好呢。"

"开什么玩笑！"

雷真和洛基异口同声地说道。夏尔忽然变得脸红，不知为何呼吸紊乱。

"那么，'剑帝'的姐姐也一样？"

芙蕾点了点头。她的眼神中充满了决心和战意。过去的懦弱早已不见踪影，她作为一名人偶师，表明了参战的意志。

“真是的……都是些笨蛋。竟然打算帮……原本是敌人的家伙。”

爱丽丝一边耍贫嘴，一边按住了眼角，雷真的眼睛没有错过这一幕。

他的心中也热血沸腾。

他们都是总有一天必须与对方战斗的伙伴，但现在他们让雷真打从心底感到可靠。

“那么，我们走吧……”

“不可以。”

一个冰冷的声音插嘴道，给雷真的热情倒了一盆冷水。

伴随着栀子花的香味，树丛后方走出了一名妖艳的女子。

那是伊吕利和小紫跟随的——

“硝子小姐！”

日本引以为豪的稀世人偶师花柳斋硝子。小紫在她身旁尴尬地苦笑。看来小紫的“侦察”抽中了她。

硝子用犹如寒冬中的富士山一般的严厉目光看着雷真。

“我没说过吗，小弟弟。你想发动世界大战？”

“我不想发动。但是，状况和之前不一样吧。德国和学院联手了。现在这种状况，俄罗斯不会对德国胡来。”

“对，学院支持德国——你不明白意义所在吗？”

“什么意思？”

“如果你去了，‘倒数第二’就会被除掉。就算能活下来，也会失去学籍。”

这话如同会心的一击。

这完全出乎雷真的意料，刺进了他的胸口。

在场的所有人都倒吸凉气。连洛基、夏尔和伊吕利都一样。

“小弟弟是为了什么才会踏入遥远的异国他乡的？想救那女孩的话，就让她逃亡吧。不过是区区一个自动人偶，要懂得放弃。”

硝子斥责道。

但是，她的语气又夹杂着几分死心。

不出所料，雷真丝毫没有胆怯，他说道：

“那些家伙夺回辛格是正当权利，我没资格指指点点。但是，那些家伙不仅想夺回辛格，还想杀了他。”

“这又如何？”

“我说，爱丽丝。辛格很讨厌我吧？”

这问题简直莫名其妙。爱丽丝似乎感到不知所措，但还是点头认同。

“他说过想把你大卸八块呢。”

“但辛格刚才跟我说了句‘please’。”

雷真昂然地抬起头，正面注视着硝子。

“他求我保护大小姐，连自己的安危都不顾，只求我保护他的主人——我喜欢这样的人类。”

硝子锐利的视线，和雷真坚定的视线激烈地碰撞。

然后她忽然缓和了严肃的神情。

“不知不觉间，你还学会了打动人心。”

她的声音小得听不见。雷真“咦”了一声，她没有理会而是继续说道：

“我早就知道，跟这个不听话的孩子说什么也没用。”

“毕竟俗话说人蠢没药医啊。”

“还真自恋呢，小弟弟。你是打算成为神吗？以为只要自己希望并付出血汗，无论什么困难都能克服是吧？”

“我没那么想。我只不过是……”

“你就是这么想的。不过，也有命运会被你的自恋改变。”

她依次看了看夏尔、芙蕾、洛基以及夜夜。

不知道他们是怎么看待这句话的呢。

大家都绷紧了脸，意志坚定地看着硝子。

硝子再次把目光移回到雷真身上，再三告诫他：

“不知道学院会怎么出手，千万要小心。”

“我会想办法的。我……不，我们已经不会被轻易杀掉了。”

“这就是自恋。不过，未必是傲慢……吧？”

她呵呵笑道。雷真向硝子点了点头。

“没问题的。而且，世界大战也好，取消学籍也好，都不用担心。我们有一个喜欢欺骗他人胜于一日三餐的乖僻军师。”

他转头看着爱丽丝，拍了拍她的肩膀。

“以你的头脑，应该能想出像做梦一样的方法吧？不仅能瞒住院长、驳倒那些家伙、夺回辛格，还能让德国闭嘴。”

爱丽丝像是承受不住一般低下头，咬紧嘴唇，肩膀发抖。

然后，她露出了平常的讥讽微笑。

“真是愚蠢的问题呢，雷真。你以为我是谁啊？”

“但是，要怎么办？真的有回避战争的方法吗？”

“有啊。使用‘世界大战的火种’啊。”

爱丽丝望向学院中央，那是中枢设施耸立的区域。

那里建着一栋四方形楼房，犹如巨大的墓碑。

起死回生的关键，就在那里面……

# Chapter6◎感谢这次再会

## 1

那是一个美丽的月夜。

两年前的那个夏天，爱丽丝除掉了真正的塞德里克并冒充他。

辛格当时在英国南部的某个格兰比尔别墅里负责巡夜。这不算管家的职责范围，但需要以防万一。这几个月将决定作战计划的成功与否。

忽然间，主人出现在二楼的阳台上。

在月光照耀下的主人并不是一名金发的美少年，而是银发的美少女。

没有伪装——她解除了“虚像”！

一旦被人发现就完了，计划会泡汤。辛格跳上阳台……

然后，他看见了——

闪闪发光，继而飘散，犹如宝石一般的水滴。

爱丽丝发现了自己的管家，一瞬间把头扭到一边。

然后她立即又回过头看着辛格。她的眼里已经没有泪水。

“阳台也是寝室的一部分啊，未经许可就进入主人的寝室，再无礼也得有个限度。伯恩斯坦的管家连这种常识都没有吗？”

“现在……是格兰比尔的管家。”

“是啊。”

轻轻的笑声听起来令人感觉空洞……真不像她。

“您在迷惘吗？”

“迷惘？我吗？迷惘什么？”

“其实……您已经对欺骗他人感到厌烦了吧？”

爱丽丝就像要表示“说什么傻话”一般一笑置之。

“我喜欢欺骗他人胜于一日三餐。你见过塞德里克完全上了我的当，然后落入实战部队手里时的那张脸吧？每次占得先机时，我就会心想‘啊啊我多聪明，这家伙多笨啊’，并为之陶醉。我只有在欺骗他人的时候，才能切实地感受到自己的价值。我……”

滔滔不绝的话忽然中断了。

回过神来，爱丽丝用手撑着扶手，注视着远方。

“我说，辛格。你能为我而战吗？”

“当然可以。”

“那么，你能为我去死吗？”

“只要是大小姐的吩咐，这是小菜一碟。”

“那么，如果是比死更难的事，又如何呢？”

“您的意思是？”

“不要死。”

辛格一时语塞。主人究竟在说些什么？

“既然你说是为了我，那我就不允许你轻易死去。你以为制造一个你，要花多少成本啊？”

“但是，到了不死就保护不了大小姐……的那种时候呢？”

“你笨得吓死人啊，辛格。我有智慧，智者不会被愚者杀掉。只不过，前提是有完美无缺的仆人。”

“伯恩斯坦的管家才华出众，但算不上完美无缺。只是，如果要列举一个缺点，那就是即使要违背主命，也会为主人牺牲自己……我是这种不忠之人。”

这回答似乎令爱丽丝失望了。爱丽丝用冷淡的语气说道：

“是格兰比尔的管家吧，辛格。”

“十分抱歉，少爷。”

澄澈的月光，照着想法不一的主从。

甜蜜又苦涩的回忆，随着意识清醒而消散。

辛格能模糊地看见如宫殿一般的“愚者圣堂”。他在圣堂的阳台上，被骑士团的人包围并绑了起来。

柱子上缠着封魔锁链。魔术被封印，身体动弹不得。

辛格一边望着从自己胸口滴下的鲜血，一边用神志不清的大脑思考。

（那个时候，我发誓效忠……）

既不是为家，也不是为国，而是为那位大人选择生或是死。

正因为如此，如今他必须做出决断。

## 2

“在这里开作战会议吧。”

一到达地底的大厅，爱丽丝便回头看着一行人说道。

下水道的一个角落里有一个爱丽丝曾经驻扎过的大厅。夏尔露骨地摆出厌恶的神情。她大概是想起了自己曾经在这里被爱丽丝戏弄过吧。

大厅里的人有夏尔、雷真、洛基、芙蕾，以及各自的自动人偶。伊吕利和硝子已经离开，小紫按照爱丽丝的指示，正在单独侦察防空洞。

“查清那些家伙的精确位置了吗？部署是怎样的？”

洛基一开口就提出了尖锐的疑问。

“来的途中查探过了。用这东西。”

她拿出了水晶球。雷真兴致勃勃地探出头。

“又是那东西啊。水晶球还真方便。”

“没你想象中方便。这种东西重要的是设置，得事先在想映出的地方里设置‘眼球’。”

爱丽丝一边切换地点，一边拿给大家看。夏尔和雷真看得目不转睛，芙蕾伸直腰杆，洛基也稍稍探出身子，窥探水晶球内部。

“辛格被绑在防空洞中心的‘愚者圣堂’里。那里是悬崖底部，面积非常宽广。视野开阔，敌人马上就能察觉到我们在接近。总之，有两个小队的要击骑士在看管辛格。骑士团被派到地面放哨了。”

“居然派骑士团去别的地方？不是应该反过来吗？”

夏尔表示不解。爱丽丝摇了摇头说道：

“学院希望和德国和好，但没打算把圣堂的秘密也告诉他们。他们肯定是不想让骑士团留在中枢吧。又或者可以想成是，骑士团没有完全信任学院，所以不会把搜索我的行踪这个任务全交给警卫负责。”

这么一来，就意味着独自留在那里的罗森堡相当自信。那果然是传说级的自动人偶……

“我开始讲解吧。作战目的有两个，夺回辛格和避免世界大战。”

“缺了第三个啊。还有要做好部署，让在场的所有人都不会被退学。”

“嗯。因此，我们接下来做的事，要当成是‘学院的方针’。”

“啊？你说当成……”

“对，就算我们怎么主张‘这是院长的命令’，只要院长不承认就没有意义。但是，反过来说……”

“对啊……要获得能让院长想认同的‘利益’……”

“对！建立起让他认同我们的说法更好的状况。因为爸爸一丁点私情都没有，只要他判断这么做对他有利，就会答应。”

“但是，要怎么做？光是得到辛格还不够吧？”

“利益未必就只有赢利啊。我们要把他逼入不承认我们的说法就会失去一切的状况。”

“慢着，这就自相矛盾了。”

洛基尖锐地插嘴道：

“假设我们的行动成了‘学院的意思’——根据‘学院的意思’夺取辛格的话，学院和德国的和解就会破产。英德的关系肯定会产生裂痕，爆发世界大战。这方面要怎么处理？”

“现在最应该关注的是巴尔干形势，俄方发起了强攻。为了促使俄罗斯让步，德国的形势越稳固越好。也就是说……”

“要学院和英国断交吗？”

“等，等一下啊。什么意思？”

夏尔打断了谈话。她性格正直，看来不适合尔虞我诈。

雷真代替爱丽丝和洛基解释道：

“以前，硝子小姐说过，如果英德公开争斗，俄罗斯就不会害怕德国——反过来说，英德和睦的话，俄罗斯就不能乱来。所以……”

“敌人的敌人是自己人——让学院和英国产生不和，以此间接地联系起英德是吗？”

洛基摆出一副怀疑的神情。

“事情会这么顺利吗？格兰比尔的事让英德关系险恶啊。”

“对，另外那正是对我们极其有利的要素。”

除爱丽丝之外的所有人都呆若木鸡，听不懂她的意思。

“真可谓天助我也。这个学院隐藏着让英德交好和孤立学院的绝妙秘密……不过，我得负上超过一半的责任就是了。”

爱丽丝一边自嘲，一边举起水晶球，里面映出了某栋楼房。

“隐藏着秘密的地方是这里，重要机巧保管设施——通称‘柜子’。”

一行人倒吸一口凉气。这地方对雷真来说可谓充满回忆。

“只要曝光沉睡在这里的‘秘密’，英德的‘误会’就会冰释，也可以和好。然后，学院就不得不按照我的设想来行动——那方面之后再解释，现在先讲解一下作战计划的详情。主要任务有三个——潜入‘柜子’夺取‘秘密’，用佯攻吸引敌人，作战主力救出辛格。”

“佯攻的人吸引敌人，然后主力趁机救出辛格，对吧？”

“夏尔洛特……你明明成绩优秀，想法却这么平庸啊。”

“干……干吗啊！这想法很妥当吧！”

“如果觉得妥当，那就不可能救出‘活着’的辛格。”

即使是佯攻，那些家伙肯定也不会放松对辛格的监视。一旦察觉到异样，他们肯定会立即杀掉辛格。从引出爱丽丝的那一刻起，辛格就失去了利用价值。

“那么，要用八重霞迷惑敌人吗？以完美幻觉潜入腹地的话……”

雷真提议道，爱丽丝也没有表示赞同。

“八重霞是必需的。但是，只要在‘圣堂’周边使用魔术，就会马上被他们发现。被对方发现是幻觉的话，效果就会减半。”

“那么，要怎么办？”

“用一些即使被发现也没问题的魔术。另外，不要救辛格。”

一行人百思不得其解。爱丽丝一边对众人的反应感到满意，一边说道：

“这个也待会儿再解释吧。接下来，我说明一下敌人的战斗力——正如刚才大家所看见的，要击骑士有两支小队，‘十字架骑士团’有大约十人。”

“要击骑士队是警卫的特殊部队吧？普通警卫不参加吗？”

“他们既不知道我们会引发怎样的骚动，也不能惊扰校内。普通警卫做的是一般工作。相对的，为了迎击我们而配置的人

员，可能不是警卫而是‘教授’。”

场面笼罩着沉重的气氛。对，如今他们一行人已经是学院的敌人。

“无论是谁都无所谓。”

洛基率先打破了沉默。

“我想打倒的人是罗森堡。我不会对你的作战计划吹毛求疵，但你要让我对付那家伙。”

“不用你多说，那肯定是最佳的分组。但是，罗森堡手下的自动人偶非同寻常，肯定是传说级的。”

洛基不为所动。但是，芙蕾担忧地注视着弟弟的侧脸。

“对了对了，关于夏尔洛特的诅咒——要现在立即解除吗？”

“那当然！”“当然啊！”

雷真和夏尔同时说道。爱丽丝举起手制止二人，然后说道：

“知道了知道了。那么，马上做好准备吧。为了保证周全，我要在这里画一个祝福魔法阵，等我十分钟左右吧。”

“哼……还真悠闲。”

洛基唾弃道。芙蕾紧紧抱住弟弟说道：

“洛基，不准这么说！”

“我，我知道了。所以快放手！”

看见洛基少见的狼狈不堪，所有人都自然地笑了出来。

### 3

雷真离开了大厅，来到地下通道的昏暗处。

他凝视着深处的黑暗。黑暗的另一边就是那个防空洞。

（可别想不开啊，辛格……）

“雷真。”

一个有所顾虑的声音传来。夜夜从大厅那边碎步走过来。

“抱歉啊，夜夜。又让你去做一些和晚会无关的事。”

“雷真真是一个老好人呢，竟然想救好几次都几乎杀了你的人。”

“没办法。形势所迫。”

“一路上和那个女人发生的关系也想用‘没办法’来蒙混过关吗？”

“我可没那么说！别把话题转移到那边！”

但是，说起来，这次的事雷真完全没跟夜夜说过。

“那个……抱歉啊，我完全没解释过。其实我早就想告诉你婚约是假的了。”

“真的太过分了，雷真。突然说什么婚约……但是，我很快就明白，你是有苦衷的。”

夜夜微微一笑。另一边，雷真则半眯着眼。

“抱歉，这么说可能会破坏好气氛，但既然如此，你为什么想勒我脖子啊？”

“没……没真勒啊……”

“看着我回答。不过……谢谢你。”

雷真把手搭在夜夜的头上，温柔地抚摸。

夜夜像猫一样微微眯起双眼，任他抚摸。

“抱歉，打扰了你们的好气氛。”

二人心虚地回过头，看见夏尔极其不高兴地站在背后。

“解咒工作已经做好准备了。赶快过来啊，慢性子！笨蛋！”

“别骂我！干吗生气啊！”

二人一边争执，一边回到大厅。夜夜释放出漆黑的气场，跟在他们身后。

就这样，夏尔风平浪静地完成了解咒。

（不，也不能算风平浪静……）

雷真一边走在地下通道上，一边用袖子擦拭被熏黑的脸。

作战行动已经展开。雷真正在和夜夜以及爱丽丝一起行动。

夜夜不高兴地把头扭到一边说道：

“这是自作自受。”

“为什么说得像是我的错一样？那不是我的错！”

“安静一点吧。你们连这种时候都这么吵闹啊。”

走在前头的爱丽丝低声告诫。虽然八重霞正在生效，但不能保证不会被某些传感器检测到。雷真和夜夜慌忙闭上嘴。

地下通道仍然没走到尽头。三人走的路与防空洞并不连通，是通向学院中枢的另一条路线。又走了五分钟左右，当雷真担忧路还有多长的时候——

道路突然到了尽头。

雷真以为已经走出了防空洞，但事实并非如此。三人来到了一个石制的大厅。

大厅的宽度和高度跟学院的体育馆差不多。天花板上装着厚厚的玻璃，月光照耀着大厅内部。是仓库……机库吗？

“不出所料，这里有看守。”

爱丽丝语气紧张地指向前方。

在月光下，看守的外形清晰可见。他身躯健壮，着装正规。特征是浓密的小胡子，以及一直眯着的、眼神温和的眼睛。

夜夜摆好架势。雷真冷汗直冒，向爱丽丝问道：

“这个人选也在你的预料之内吗？”

“怎么可能。谁能预料到，这种怪物居然会亲自出马。”

爱丽丝语气僵硬。这也理所当然，因为眼前的是……

“你们要去哪里呢？”

十九世纪最强的魔术师，皇家机巧学院的最高领导人——

院长爱德华·卢瑟福。

八重霞的效果还没消失，“完全幻觉”甚至可以对魔王莱科宁起效。

然而，院长的双眸完全锁定了雷真。

“怎么了，雷真同学？今晚的晚会已经开始了啊。”

“哦哦，我当然会参加。等做完小事之后就过去。”

“你说的小事是什么呢？该不会是，入侵‘柜子’吧？”

“如果我说是，你会放我过去吗？”

“如果你说是，那就不允许你继续淘气了。”

院长的双眸猛然睁开的一瞬间，能感受到强大的魔力迎面而来。压迫感几乎让人想蜷缩身子。即使和远古时代的食肉恐龙对峙，想必也不会产生如此激烈的战栗。

“没办法了。突破吧，夜夜！”

“是！”

“这么做真的好吗？如果你命令自动人偶来对付我，就相当于反抗学院的权威。你是明白这一点才展开行动的吗？”

他注视着雷真，语气严肃地询问雷真的决心。

“你不是打算实现愿望的吗？你要放弃和马格纳斯同学战斗吗？”

“我没打算放弃。”

“那么，你就退下吧。”

“这不行。”

“被学院流放的话，你要怎么挑战马格纳斯同学？要尝试强袭吗？但是，他是学院活生生的无价之宝，学院肯定会竭尽全力保护他吧。”

“唔……”

“不仅是警卫队。包括我在内，教授、学生——整个学院的战斗力都会保护他。你能突破这种防守吗？”

不可能。要是能一击打倒马格纳斯，那还行得通，但是一旦战斗拖延，就会有人赶来协助马格纳斯。

雷真偷看爱丽丝。

爱丽丝似乎在忍耐着什么，嘴唇紧闭，低头看地。

院长从刚才开始就没看过爱丽丝一眼。

于是，雷真下定了决心。

“你太高估了，院长。”

“高估马格纳斯同学？又或者是，高估我们自己？”

“不，你高估我了。我还没聪明到会被你说服。计较得失这种事——我把它留在娘胎里了！”

一刹那，夜夜脚踏地面。她犹如一阵疾风，笔直地向院长冲去。

如果只是一个普通的五十岁男人，肯定会连感到恐惧的时间都没有，就被她踢断脖子。

如此强力的飞踢，院长只是稍稍侧了一下身就躲开了。

“呃！”

夜夜感到惊讶。在下一个瞬间，夜夜被弹飞，回到雷真这边。

有一种莫名的斥力，击飞的方式像是反弹。

院长泰然自若地站在原地。他的前方浮起一个光魔法阵。

那是瞬时布置的防御结界。这种魔术绝对不算稀奇，但功率非同小可。如果把普通魔术师的结界比喻成一块胶合板，那院长的结界就等于三百毫米厚的钢铁。

“你知道，为什么我被称为十九世纪最强的魔术师吗？”

“不知道，因为你超级强吧。”

“那么，我强在什么地方？”

雷真皱起了眉头。院长摆出讲课一般的态度，淡泊地继续说道：

“魔力的总量，控制的技术，对魔活性的亲和性？又或者是运用理论，战术和战略的知识，还是自动人偶的性能呢？”

“不是全部吗？”

“是的，我确实算能干的魔术师。但是，真正让我成为强者的，是获得、行使，并且一直藏匿这东西的……政治能力。”

院长的手指在空中划过。手指的轨迹形成光带留在空中，描绘出一个魔法阵。那是一个装饰奢华的特殊六芒星，学习不够努力的雷真是第一次看见这种形状。

一本厚厚的书从魔法阵的中心出现。

“要小心，雷真。那是魔导书——‘雷蒙盖顿’！”

爱丽丝紧张地大叫。

雷真被院长的魔力压制住了，只能问道：

“雷蒙……那是什么？”

“真是令人吃惊，就读学院的人竟然不知道它？”

也许是听见了他们的对话，院长苦笑着开口说道：

“这是伟大的同胞在几十年后遗留的魔术书。他把未来会得到的众多收藏品封印在这里。末日之书，百科全书，遗产大全，禁忌的集大成——这本书有很多名称，但它其实是自动人偶的召唤目录。”

“目录？”

“很可惜的是，有一部分遗产已经遗失了，也有很多被夺走了。但即使如此，我依然可以控制超过五十个‘神话的恶魔’来攻击你。”

飘浮在空中的书本自动打开，页面放出淡泊的磷光，从下方照着院长的脸。

“为了向你表示敬意，我展示一下珍藏吧。”

一刹那，强大的魔力充满了大厅。

不知这是梦境还是现实。院长身后出现了一条优美的阶梯。简直就像只有这个地方进入了异世界一般。白色墙壁无限延伸，红毯阶梯比天花板还高。阶梯最顶层出现了一个镶嵌着金银财宝的王座……

（女神？）

那里坐着一位美丽的女王。

丰满的身材，雪白的肌肤。腰部细得惊人，容颜端庄，俯视万物的双瞳炯炯有神。她只穿着一条白色薄绸，手脚戴着几个金环。

与其说是自动人偶，不如说已经算是“神像”了。

“我是第一次……看见……第二十九位的大公爵……亚斯塔洛！”

爱丽丝小声地说道，她像是感到绝望，另一方面又像是在陶醉。

女王慢慢地站了起来，悠然地走下阶梯。每走下一阶，阶梯就会随之化为金色的粒子消散。

院长恭敬地行了一礼，迎接女王。

“感谢您的到来，女王伊丝塔。”

“好久不见，爱德。竟然呼唤本王，对手如此强大吗？”

女王斜眼看着雷真这边。一刹那，雷真产生了死亡的预感，感到毛骨悚然。

“这不过是个小鬼吧。你老了，爱德。”

“他确实还年轻……但是，总有一天会成为最大的威胁。”

“好吧。献上魔力吧，传唤本王的军队。”

她轻轻伸出右手。院长用左手牵起她的手，传递魔力。

女王始终保持着优雅，用左手对准雷真。

从她的手掌里出现了某种物体。

那是黑影，像薄雾一般的不祥之物。前端还浮现出苦闷的人脸。虽然详情不明，但要特意形容的话，和“怨灵”的形象相近。

好几个那种物体同时以惊人的速度杀过来。

雷真让夜夜跳到另一边，自己抱着爱丽丝跳起。怨灵群一撞到大厅的墙，石头便一下子崩塌了。

石头不可能腐烂，但这种情景只能形容为腐蚀。墙壁烂得像熟透的西红柿，又像腐烂的洋葱一样溶解了。

目睹怨灵的威力，雷真、夜夜以及爱丽丝都颤抖不已。

“‘恩赐的腐蚀’——要是挨了那一招，在一瞬间就会变成烂肉！”

“她是这么说的！千万别被击中啊，夜夜！”

雷真一边心想连我自己都觉得这命令太强人所难了，一边命令夜夜并输送魔力。

他抱起爱丽丝，凝聚魔力并跑了起来。他不是启动金刚力，而是干涉自己的魔力循环系统，这是用魔力强化身体能力的技巧。格丽泽尔达的指导绝对不是白费工夫。即使面临这种局面，他还有很多事情可以做。

人偶女王挥动手臂，继续召唤怨灵攻击夜夜。

“唔！”

一个怨灵擦到了夜夜的脸庞，脸部肌肤一瞬间腐烂。

不过，只是擦伤而已。夜夜绕着圈子逼近女王，打算踢飞她。

院长则不声不响地闯进夜夜与女王之间。

防御结界启动，夜夜被弹飞到正后方。

她在空中无法活动。那种状态无法避开怨灵！

雷真用手拿起右臂的布，打算撕裂它。

一瞬之间，雷真的第六感预知了自己的死亡。

他感觉到背后存在威胁，于是回头看，只见本应撞中墙壁而消失的怨灵，正朝着他这边露出了丑恶的嘴脸。

原来怨灵并没有消失！闪避……来不及了！

时间流逝变得极其缓慢，怨灵缓慢地逼近，甚至慢到令人感到焦躁。雷真无计可施，只能用力抱紧爱丽丝。

在雷真被怨灵吞没之前，某些东西遮住了他的视野。

那东西释放出耀眼的白色光芒，有着陶瓷类的光泽。这是……盾？

这个盾有着机械式的结构，上面分布着复杂的分割线，但很漂亮。发光盾牌突然出现，悬浮在空中，保护了雷真。

撞中盾的怨灵接二连三地消失了。盾没有被腐蚀，依然保持光泽。

“竟然拿出‘淫虐姬’来对付学生，你太没有大人样了，院长。”

在雷真的背后，有人走进了大厅。

那个人肩上扛着一把放射白光的优美宝剑。她释放出暴力般的魔力和杀气。身上穿的却是可爱的迷你礼裙，没有比这更加不相称的了。

是格丽泽尔达·威斯顿——“迷宫的魔王”！

院长的目光一下子变得锐利。

“这是什么意思？你好不容易得到了学院的庇护，又想早早地失去吗？”

“你太高估我了。我是威斯顿家的格丽泽尔达……”

格丽泽尔达呵呵一笑，用剑尖对准院长。

“计较得失这种事，我把它留在娘胎里了！”

## 4

同一时间，洛基和智天使一起在地下防空洞里前进。

小紫在他旁边小步奔跑，那左右扎起的马尾摇来摇去，令人联想起小猫。

“唔？怎么了，小哥哥？”

“没什么。你的魔术真的有效吧？”

小紫出乎意料地噘起嘴。

“有啊。因为是雷真施加的！”

“哼，所以才不能信……也不能这么说吧……”

“如果使用魔术，效果就会解除，所以要小心啊。尤其是那边那个人偶。”

反过来说，只要不抵触魔活性不协调的原理，魔术就不会轻易解除。这样的魔术可以说很可怕。不仅能隐藏对象，还可以掩盖对象发出的声音和气息。使用时可以指定效果覆盖范围这一点也很强大。

如此强力的魔术，光靠人偶不可能控制好，肯定也要求魔术师能进行细致的控制。也就是说，雷真进步了许多。

有意思……

连洛基自己都感到惊讶，自己竟然会这么想。明明在不久之前，他甚至会为雷真的成长感到焦躁。自己真是从容了不少。

他们走下悬崖，接近中心部分。

不久之后，前方便出现了一栋宫殿一般的楼房。

距离不足四百米，肉眼能看见敌人。卫兵有十个，和人偶师一起待命。至于罗森堡……不见人影。

“停下。我感觉前面有探测结界，继续接近很危险。”

“那么，就在这里发动攻击吧。”

洛基用右手对准搭档，向智天使输送魔力。

“把能看见的十个卫兵全打到机能停止。射击吧，智天使。”

“I'm ready.”

智天使准确地理解了主人的意图，张开翅膀。固定在翅膀上的短剑一齐伸出，摆好射击态势。

在小紫的八重霞失去效果的同时，智天使发射短剑。

十二把短剑离开翅膀，其中十把犹如流星一般发射了。

一刹那，某个影子覆盖在智天使身上。

有人在头顶和背后发起攻击。智天使处于无法防御的状态……但是，剩余的两把短剑悄悄绕到智天使背后，挡住了敌人的攻击。

发动攻击的，是一个金属制的自动人偶。

巨大的手臂前端伸出的除了拳头还有钩爪。它的威力非同小可，轻而易举地折断了智天使的短剑。

自动人偶另一边的暗处，走出了一名金发美青年。

“你发现我了啊，‘剑帝’。”

“这是我要说的，罗森堡。”

洛基谨慎地观察敌人的自动人偶。乍一看，那个人偶随处可见。臂力正如刚才所示，不可轻视。除此之外的明显特征，大概只有像斗篷一样覆盖身体的“鱼鳞铠”。

那个人偶似乎不会说话，只会鸣叫。

“这自动人偶挺古老的啊。是古董吗？”

罗森堡从容不迫地笑了笑。

洛基瞥了小紫一眼。小紫察觉到他的意图，便匆忙拉开了距离。八重霞的效果对她依然有效，但在某些情况下她会妨碍战斗。

“怎么了，被古董吓坏了吗？”

罗森堡挑衅道。洛基压抑满腔怒火，命令智天使发动攻击。

智天使向前突进，用左右手的剑进行夹击。巨臂自动人偶在一瞬间消失，紧接着出现在智天使头顶。

好快！而且，它飞起来了！

它张开了巨大的翅膀。看起来像装甲的那东西，原来是翅膀啊！

“是翼人——哈耳庇厄吗？”

“不是那种常见的形象啦。”

罗森堡挥动手臂。巨臂自动人偶配合着他的动作，从空中降落。

动作类似于猛禽扑击，钩爪咆哮着攻击智天使。智天使躲开，但敌人的机动力强悍，最终还是追上了智天使。

钩爪插进了智天使的装甲板。

智天使的身体出现了熔融一般的溃烂伤痕。

“火炎之爪……”

洛基一瞬间看穿招式。这是用超高温的爪子来烧毁物质吧。

和智天使很像——但是，如果是这种程度的温度，智天使更胜一筹。

智天使一边甩开追击，一边在空中旋转，变成大剑。

刀身释放出高压气流，一下子让智天使加速了。

大剑击中了翼人。命中的一瞬间，刀刃也释放出超高温的火焰。火焰集中在敌人的表面，转瞬之间便高达几千摄氏度。这种方式可以烧毁一切金属，智天使会把翼人一刀两断……

然而，实际并没有。

连洛基也目瞪口呆——攻击被接住了！

刀身无法砍下去。洛基立即让智天使回头和退后。

智天使再次变回了机械天使。洛基隐约感觉智天使也觉得不可思议。

罗森堡愉快地笑了起来。

“有什么好笑的。”

“让阁下露出了这种表情。这不算愉快还能算什么？”

洛基再次观察敌人的自动人偶。

凭借热量进行攻击，以及完美的耐热能力。在传说级的自动人偶之中，说到耐热的自动人偶，能想到的是赫拉斯瓦尔格尔，又或者……

“浴火重生的魔神！”

“答对了。阁下粗心大意的炎热，会唤醒菲尼克斯！”

下一瞬间，翼人喷出了火焰。

洛基感到庞大的魔力即将涌现。那种量不是罗森堡一次能输送完的。从当前情况来判断，是洛基给予的几千摄氏度的高温，直接转化成了敌人的魔力。

翼人改变形态。它和智天使一样，属于机械式的变形。

它的双肩向左右拆开，移动至腰部以下。巨大的“鸟嘴”从腹部冲出并和头部一体化，接着双腿伸进留空的空位。

一连串变形过程结束之后，翼人变成了巨鸟。原本是翼人手臂的部分变成了附带钩爪的鸟脚。两个形态都能最大限度地运用强力的武器——钩爪，设计可谓精妙。

冷汗沿着洛基的脊背流下。这次的敌人非常棘手。菲尼克斯不仅能自己创造火焰，还能把承受的火焰转化成魔力。这是它被称之为不死的原因。

“上吧，菲尼克斯。”

菲尼克斯高声鸣叫，展翅飞翔。

速度快得可怕，有如流星。

它的行动模式大概和智天使是同一种原理——利用热量喷射的反作用来获得推力。

拉长的火焰看起来简直就像尾巴，正可谓传说中的“火鸟”。

菲尼克斯冲向智天使。洛基立即输送魔力，让智天使飞行。

两个人偶展开了高速捉迷藏，近似于两只鸟的格斗。一边

彼此替换位置、振翅飞行，一边用剑、钩爪以及鸟嘴对战，相撞时迸发出火花。

但是，对方更占优势。菲尼克斯可以通过释放出高压气流来偏移、减弱智天使的攻击。虽然智天使也可以释放热风，但这么一来，热量又会被转换成对方的魔力。

随着时间的流逝，对方的优势逐渐增大。

钩爪终于划伤了智天使的身体，鸟嘴在它身上戳出了洞，而且——

“小哥哥！危险！”

听见小紫的警告，洛基条件反射地跳起来。

卫兵的“电击指”插在他刚才站着的地方。

多达四个卫兵会合了。算起来，智天使一开始的攻击有将近一半没射中。

在洛基被警卫吸引了注意力的一瞬间，一记重锤般的飞腿击中了洛基的头。

洛基的视野游移不定。他一边在魔术合金的地面上翻滚，一边抱着难以置信的心情仰望头顶。

菲尼克斯应该正在和智天使战斗。我究竟被什么踢中了？

然后，他明白了。

“你……难道！”

“没错……我当了机巧士兵！”

罗森堡悬浮在空中，高声大笑。

## 5

“师父……你为什么会在这里？”

雷真呆呆地嘀咕道。格丽泽尔达的神情忽然放松，说道：

“你这个……笨徒弟！”

然后，她用剑敲打了雷真的侧腹一下。

雷真被击飞，一直被打到天花板附近。要是他没有下意识放开爱丽丝，她肯定会身受重伤。

雷真一边从天花板往下掉，一边说道：

“你突然干什么啊！刚才要是没来得及用金刚力，我就死了啊！”

“你这家伙，打算在这种地方舍弃生命吗？”

“我刚刚差点就被你杀了啊！”

“闭嘴！你有自己应该打倒的敌人吧！”

雷真一时语塞。对，雷真想打倒的对手，并不是院长。

“我要打倒那家伙。但是，也要救爱丽丝。”

“蠢货。这种事我知道。我知道你是一个白痴。”

“那你为什么打飞我啊？你对我有什么不满啊？”

“为什么不找我帮忙！”

“呃！”

院长眉头一颤，一边用手指抚摸魔法书“雷蒙盖顿”，一边说道：

“这我可不能当作没听见啊。你真的想违抗我——违抗学

院吗？”

“我一点也不想。但是，我也没有宽容到会眼睁睁地看着学生被杀。”

两名魔术师针锋相对。空气像胆怯了一般颤动着，还传来了地震的响声。两股压倒性的力量交锋，最强对最强的状况，让夜夜咬紧牙关。她感觉一旦放松，勇气就会被剥夺殆尽。

格丽泽尔达背对着雷真，挡在他前面。

“快走，笨徒弟。我来拖延时间。”

“拖延时间——你觉得你赢不了吗？你是魔王吧？”

“你弄错了。魔王是同一时代才能最优秀的人所获得的称号。我只是称霸晚会而已，那个男人称霸的是十九世纪。”

她瞪着院长自嘲道。

“我来制造机会。你们要借机赶路。”

“但是……”

“不用担心。我现在有这东西。”

她轻轻地把剑抛出。剑在空中四分五裂，变成了机械人偶。

夜夜惊讶地按住嘴巴。

“雷真！这个……虽然体型很小，但这是智天使！”

确实很像。智天使的身高和成年男子差不多，这个则像一名少女，有着女子的外形，在设计上凸显其纤腰。装甲上添加了精细的雕刻，作为美术品也值得鉴赏。如果说智天使是冰冷的工业制品，那这个人偶可以算工艺品。

和智天使的翅膀是“护手”相比，这个人偶是把“剑”当成翅膀来背着。手脚比例接近人体，比智天使更精致。

盾同时也在变形。设计和剑非常相似，但外形更加优美。构成盾牌的装甲板有六片，形成裙子状覆盖在人偶的腰部。

两个自动人偶惊人地相似，同时又惊人地对比鲜明。

“这些究竟是什么？”

“仆从复制品。听说是‘米迦勒’型和‘拉斐尔’型。”

“这名称……果然是智天使的兄弟机……你是从哪里弄来的啊？”

“有个认识的教授朋友说想试运行一下。只是临时借来的东西，但肯定对拖延时间有所帮助吧。”

“说我们是临时借来的东西，还真遗憾啊。”

剑人偶发出了流畅的合成语音。雷真吓了一跳，然后说道：

“说话了！”

两个人偶各自把手搭在脸上，摆了一个笑的动作。

“这个愚笨的小男孩在惊讶些什么啊？”

“你说得太过分了啊，姐姐。听说明白事实会让笨蛋更受伤害。”

“而且它们说话好过分！和智天使完全不一样啊！”

“原来如此，真是出色的自动人偶，Miss威斯顿。”

院长感叹道。然后，他忽然笑了笑。

“但是，你那人偶，真能对抗我的女神吗？”

“我会试试看。”

格丽泽尔达的魔力迸发。两个人偶机敏地做出了反应。

她们左右散开，从两边夹击院长和女王。

爱丽丝吃惊地睁大双眼。雷真也抱着同样的心情一言不发。

两个人偶移动得很自然，也不会像智天使那样发出热风的噪音。她们能自由地控制自己的前进方向，这种动作是……

“佛拉格拉克……这怎么可能！不使用人类的大脑模块就能控制它的思考程序怎么可能存在！”

两个人偶在爱丽丝面前展现出和辛格一模一样的行动。

她们凭借零惯性的Z字形动作躲开了女王发射的怨灵，在一瞬之间便缩短了距离。剑人偶拔出了背上的剑，向女王挥下。

“没门！”

院长挡在前面，展开了光之魔法阵。

魔法阵和剑激烈冲突，响起了尖锐的声音。

“爱德，献上魔力。”

“遵命！”

院长牵起女王的手，输送魔力。

女王并没有攻击剑人偶，而是向格丽泽尔达发射怨灵群。但是，盾人偶做出了反应。她瞬间挡住了射线，顾名思义地化身为盾保护主人。

响起一阵沉闷的冲击声。盾挡下了怨灵的直接攻击，毫发无伤。

格丽泽尔达愉快地笑道：

“比想象中还要好啊。这种使用方式也……可以吧？”

她没有踏地就飞了起来。雷真、夜夜和爱丽丝三个人都瞠目结舌。

格丽泽尔达的动作和辛格一模一样——那是完全统制振动的动作。

她利用盾造成的死角，飞到院长头顶。这时候剑人偶已经变形为优美的剑，飞到了格丽泽尔达手上。

格丽泽尔达背后放出红光。

血液气化，爆发性地产生了巨大魔力。魔力凝聚为丝线状，沿着右臂流到剑上，让魔术回路极限运转。

她一下子就到达了最高速度，犹如闪电一般地降落，挥剑一击。

院长在头顶展开魔法阵，挡住了攻击。但是，他没能抵消冲击力！

随着一声巨响，地板下沉。

坚硬的石地板形成了一个大坑。四面墙壁都出现了裂痕，天花板的玻璃碎裂。玻璃似乎相当厚。冰山崩塌一般的玻璃碎块像落石一样掉下来。雷真一边保护爱丽丝，一边拼命躲开掉落的玻璃。

格丽泽尔达微笑着站在扬起的粉尘之中，其身姿可谓鬼神。

“难以置信……把佛拉格拉克……援用在术者身上……我还是第一次看见！”

爱丽丝声音发抖。雷真也再次认识到师父的本领。

可怕的格丽泽尔达。那两个闪耀着白色光芒的机械天使也令人畏惧。

盗取D-works的设计、搭载了德国的魔术回路而成的自动人偶——理论上，这不过是拼凑的产物。

智天使的特性是可以集中高温，切开一切物质。

机巧士兵的优点是可以同时使用术者和人偶的魔力。

那两个人偶不属于其中一种。但是，格丽泽尔达拥有几乎无限的魔力和“阿里阿德涅丝线”。只要为她所用，那两个人偶就是一对无敌剑盾。

辛格说过，佛拉格拉克本来是以自身意志打倒敌人并回到手中的神剑，无法用铠甲阻挡它的一击。

讽刺的是，配得上这个名字的自动人偶，是通过盗取技术完成的。

佛拉格拉克拥有压倒性的力量，但对手也一样。

崩塌的地板下方喷出了巨大的魔力。

“精彩，Miss威斯顿。”

院长的声音在粉尘之中响起。

他和女王一起浮上地面。似乎是靠念动力浮空的。

“我本来觉得已经成功了。十九世纪最强的名声果然不是假的啊。”

格丽泽尔达苦笑道。另一方面，院长也露出了苦笑。他低头看着大洞，无奈地捋了捋胡须。

“这个地方可是添加了多重物理防护来提高强度，现在却被破坏成这个样子……”

格丽泽尔达没等他把话说完，便扔出了剑。

剑瞄准女王的脖子直线突进，院长用魔法阵防御。在力量与力量互相抗衡的一瞬间，格丽泽尔达大叫道：

“快走，笨徒弟！错过这个机会的话，就没办法突破这个男人！”

魔王如此断言道。院长拥有如此强大的力量吗？

雷真做出了决断。他迅速扛起爱丽丝，和夜夜两个人一起跳过大洞。

“唔……这样可以吗，爱德？小鬼要逃掉啦。”

“没关系。你去吧，雷真同学。”

院长意外的发言，让雷真不禁停下了脚步。

“连魔王都被你用来挡路——真是了不起的人才。原本被揶揄‘倒数第二’的你，得到了如此强大的力量。为了奖励你的努力，我想送你一份礼物。”

他的嘴角流露出平时经常向学生们展现的温和微笑。

“去享受千载难逢的好机会吧。没有人会阻碍你。”

好机会。千载难逢的好机会。这话的意思难道是……

雷真飞速狂奔。他超过了夜夜，在狭窄的道路上奔驰。

道路的尽头，是一个外形和刚才一模一样的大厅。

宽度自不用说，连天花板的玻璃都一样。只不过，在中央坐镇的是刚才的大厅里没有的东西。那是一艘外形像鲸鱼的硬式飞船。

“那是船……吗？”

夜夜侧着头。雷真大吃一惊。

“代达罗斯的缩小版！为什么学院里会有这种东西？”

正当他打算问爱丽丝的时候，便发现了那个。

“你是主人的‘敌人’吗？”

一句听起来毫无感情的形式性提问响起，飞船上站着一个面具少女。

“你是火垂？你在这里，也就是说……”

"我在这边,'倒数第二'。"

一个声音肯定了他的疑问。

银色面具在月影下闪闪发光，还有那能在面具底下窥见蕴含魔力的红眼。

"马格纳斯！"

妹妹的仇人，就在那里。

Chapter7◎君王们

## 1

夏尔和芙蕾轻松完成了“第一个任务”，再次回到地底。

夏尔的身体已经变回原本的大小。她只穿着爱丽丝给她的礼服，内部松垮垮的。

西格蒙特在夏尔肩上，拉比在芙蕾身旁。

夏尔回忆起刚才在地面看见的情景，感到令人作呕。

“唔……夏尔，不要紧吧？”

“真亏你看了那种东西也没事呢。”

“我们之前所在的地方，有很多那类东西。”

“对不起。让你想起不好的回忆了。”

芙蕾不解地侧着头，有所顾虑地用手摸了摸夏尔的额头。

“你发烧了吗？”

“没有啊。我也懂得说‘对不起’啊！”

“不过，你的脸……好红。”

“这，这是……”

夏尔的脸一下子变得更红了。感觉她的脸可以喷出火。

“不用担心，芙蕾。是你刚才那动作让她太开心，她还沉浸在余韵当中。”

“闭，闭嘴，西格蒙特！这种蠢事……”

和说的话相反，夏尔脸红得好像快晕过去似的。

芙蕾低下头，像闹别扭一般说道：

“刚才的事，我很羡慕。”

“那那那种话，只是没办法才说的吧！”

“但是，我很羡慕……”

“对不起。”

芙蕾再次用手摸着夏尔的额头。

“果然发烧了吗？”

“现在是说这话的时候吗？作战计划才只完成了一半啊！”

夏尔敷衍道，然后加快了脚步。

她强行绷紧脸，脚踏沙子走在防空洞的黑暗之中。

“夏尔……遇到麻烦的话，别只跟雷真说，也找我商量吧。”

芙蕾忽然正经地说道。

夏尔惊讶地回过头，芙蕾莞尔一笑。

“因为我们是朋友。”

“呃……”

夏尔拼命地忍住几乎夺眶而出的泪水。

她说我这种人是她的朋友。

在不久之前，这样的人连一个都没有。

身为导致皇太子负伤的家族中的一员，我受到世间的厌恶。

以前的朋友也全离开了，可是……

夏尔脸红耳赤，露出生气一般的表情注视着芙蕾。

“我是高贵的比劳家的夏尔洛特。可不能忍受总是受别人关照啊。所以……你愿意和我商量我的事，我也会和你商量你的事。”

芙蕾高兴地点头。因动作的惯性，她丰满的上半身也随之一晃。给夏尔那刚刚萌生的友情倒了盆冷水。

这时候，拉比突然竖起了耳朵。芙蕾也猛地抬起头。

“唔……在附近！”

看来拉比听见了声音。芙蕾可以和拉比共享感觉。

夏尔和芙蕾放慢速度，慎重地走下斜坡。

不久之后，二人到达了悬崖，眼下能看见宫殿。

宫殿闪烁着暗淡而神圣的光芒，简直有神殿般的风采。

宫殿阳台上有一根十字架型的柱子，辛格被绑在那里。

他被封魔锁链缠了一圈又一圈。锁链只有一条，用一层就能束缚他，也就是说锁链肯定极具威力吧。

“该我们出场了，西格蒙特。”

夏尔一边催促西格蒙特，一边回忆爱丽丝的话。

“如果不想听见对方说‘不想这家伙没命的话’之类的典型台词，理论上就该靠奇袭封杀护卫，一口气夺回辛格。只不过，这次形势很恶劣。”

这里空间开阔，因此难以接近辛格。即使依靠八重霞的隐身功能，一旦接触对方的结界，就很可能被探测到大致位置，被对方用广范围魔术歼灭。

“因此要在远距离使用魔术狙击，切断枷锁。辛格天生拥有飞行能力。只要切断束缚他的锁链，即使我们不救他，他也能自己逃跑。”

狙击手当然是西格蒙特最合适。

夏尔和西格蒙特同步视觉，测量距离。

五百余米，没有风。这个距离——能击中。

“机会只有一次。一旦我们失败……芙蕾，强攻就拜托你了。”

“唔，我明白了。”

芙蕾点头，上半身不停地摇晃。夏尔的干劲稍微降低了。

西格蒙特走下地面，摊开四肢固定身体。

目标是束缚辛格的锁链。一旦打偏就完了，会让辛格身体开洞。

夏尔凝聚魔力，默默祈祷，扣下了心中的扳机。

## 2

洛基趴在地上，罗森堡在他头顶冷笑。

接着，罗森堡打算在一瞬之间降落，打算踩碎洛基的头骨。洛基仍然神志不清，无法做出反应。可能会死啊……

拯救洛基脱离困境的人，出乎意料的是小紫。

她故意解除八重霞，用银剑刺向罗森堡的眼球。

罗森堡被突然的袭击吓了一跳，直往后退。本来他只要使用完全统制振动，肯定可以连眼球遭受的伤害也抵消掉，但看来本能的恐惧心理超越了他的理智。

罗森堡愤恨地咂了咂舌，似乎是为自己感到羞耻。小紫趁机再次启动八重霞，拉着洛基后退。

包括警卫在内，没有人能用肉眼捕捉到小紫二人，看来他们看不见。

“小哥哥，没事吧？”

“哦哦……对不起。是你干的吗？”

“我也是雪月花的一员啊……但是，我只能捉迷藏。只要他们使用探测类的魔术，很快就会发现我们。”

“我先清除守卫。可以拜托你支援吗，雪月花的人偶？”

“可以。”

小紫逞强道。洛基笑了笑，向智天使输送魔力。

大剑喷出红莲之火，砍翻了两个卫兵。隐形解除，智天使的身影在一瞬之间显现，但小紫再次让他隐形。

警卫人偶师感到战栗。

这样就等同于被人在黑暗之中偷袭。

他们做出的判断是——“撤退”。

他们让剩余的两个人偶保护自己背后，一齐后退。

警卫的工作可不是让自动人偶白白送死，事先封堵逃跑路线、唤来援兵也是了不起的工作。

（但是，他们放弃得太快了。）

洛基皱起眉头，感觉不对劲。他不认为传闻中的要击骑士队会这么容易对付。可能有什么内情吧？

不，现在应该集中精神对付眼前的敌人。

要击骑士队已经撤退，如今自动人偶只剩下菲尼克斯。

“真不谨慎。但是，算了。阁下等人不是菲尼克斯的对手。”

罗森堡丝毫没有惊慌，只是悠然地站在原地，然后——

“接招，在那里！”

他准确地捕捉到二人的位置，命令菲尼克斯攻击。

火鸟瞄准智天使，速度接近音速！

二人来不及应对。火鸟重重地撞上智天使，折断了一片兼作刀刃的装甲。智天使无法保持平衡，接着菲尼克斯无视智天使，开始攻击洛基。攻击术者——正如洛基过去的教导，这是实战的常规做法。

洛基飞身闪避。他的披风燃烧，制服底下的皮肤被熏黑。

菲尼克斯继续追击。钩爪逼近洛基的喉咙，小紫发出惨叫。

智天使姑且赶上了。它变成大剑挡住了钩爪。但理所当然的，它无法烧毁敌人，毕竟使用热风喷射只会增强对手的力量。

大剑严重卷刃。在刀身即将折断之前，洛基翻滚着从菲尼克斯正下方逃了出来，然后及时命令智天使后退。

“呵呵……实在痛快。”

罗森堡愉快地笑道：

“真是美妙的一刻。可以玩弄让我手臂受伤的傲慢蠢货。”

“手臂受伤？”

罗森堡挽起衣袖。手臂上残留着溃烂的伤痕。

“这是阁下造成的伤口，双手双脚都有。每次看见这丑陋的伤痕，我就会燃起复仇心，像菲尼克斯一样。我想宣泄这份怨恨——为此我努力变强，所以我要赢。”

“你说……怨恨？”

洛基的声音变得冰冷。

冰冷得犹如绝对零度。罗森堡皱起了眉头。

洛基缓缓抬起头。当罗森堡被红色双眸射中的一瞬间，他的表情变得僵硬。从那表情可以明显地看出他感到恐惧。

“像你这种……微不足道……连炫耀都拿不出手的……轻微擦伤……”

伴随着一声巨响，洛基身上喷出了强大的魔力火焰。

“怎么能抵消那家伙的生命！”

在呐喊的同时，短剑击穿了魔术合金地面，从下方飞出。

那是一开始向警卫发射的短剑。洛基让它们穿过地底，回到了这里！

这和过去他的义父使用的是同一种招式。四把短剑从正下方袭击罗森堡。短剑全部命中罗森堡，但他毫发无伤。

“无谓的反抗。这种东西怎么可能击穿完全……”

罗森堡的嘲笑突然僵住了。不对。洛基的目的不是攻击！

一把短剑割伤了洛基的左手腕，鲜血喷涌。

“这是干什么，主动求死吗？怎么可能让你如愿！”

罗森堡命令菲尼克斯突击，菲尼克斯的速度忽然变慢。

它没有前进。就像前方有一堵看不见的墙一样，菲尼克斯停滞不前。

罗森堡察觉到产生这种不可思议现象的原因，顿时惊得目瞪口呆。

“竟然是……念动力？依靠念动力……阻挠他人控制的自动人偶？”

究竟得有多强大的魔力，才能做到这种技艺呢？

庞大的魔力控制了周边一带。小紫也受到影响，正痛苦地

跪在地上。

洛基流出的鲜血并没有形成血洼。血在接触地面前气化，然后迅速化为高密度的魔力，流入智天使体内。

机巧心脏在洛基的胸口激烈跳动，魔术熔炉释放出庞大的魔力。

罗森堡害怕了。但是，洛基现在不能给他逃跑的时间。

大剑一边放出赤红的光芒，一边以远远超越音速的速度旋转着。

## 3

“感谢你，院长。”

格丽泽尔达掩饰紧张的情绪，从容地笑道：

“你放了我的徒弟……我可以这么解释吧？”

“我没打算放过他。但是，努力就应该得到报酬，应该给予年轻人机会。因为他创造了相称的战果和功绩。”

“真是教育者的榜样。那么，我们的比试要怎么结束？既然笨徒弟已经突破这里，我已经想夹着尾巴逃跑了。”

“那可不行。一旦你后退，我就会立即追赶他，而且你违抗了学院的权威，不可能平安无事。”

“我想……也是啊！”

格丽泽尔达毫无征兆地砍向院长。

敌人也非同寻常，早就做出了反应。女王以怨灵群迎击。

盾人偶率先上前，保护了格丽泽尔达。当怨灵遭到阻挡而像喷烟一般消散的一瞬间，格丽泽尔达擦着地板飞行，从脚下逼近女王。

院长根本没打算看着她这边。他并不是没有察觉，而是已经看穿这个把戏了。

剑人偶从院长头顶降下。

格丽泽尔达是佯攻，剑才是真正的攻击。剑被院长阻挡，怨灵军队向格丽泽尔达降落。

格丽泽尔达急忙转身。她一边叫回剑，一边紧急后退。盾挡住群聚的怨灵时，她背后又飘来了别的怨灵。

看来怨灵绕到了死角。但是，这也在格丽泽尔达的预料之中。她看也不看就用剑一击打散怨灵。

她凭借剑盾驱散袭来的怨灵群，趁机接近女王、发动攻击，然后遭到对方防御，周而复始。这样的战斗持续了长达五分钟之后，格丽泽尔达大步向后退。

汗水在格丽泽尔达的额头上闪闪发光。但是，她的呼吸并未慌乱。

另一边，院长一滴汗也没有。但是，他似乎感到束手无策。院长皱起眉头，面有难色地低声说道：

“这样下去，可没完没了啊……”

双方都没有决定性的一击，只能打消耗战。格丽泽尔达笑着说道：

“把淫虐姬收回去，用别的自动人偶如何？那既是你的长处，也是你名列最强的原因吧？”

“嗯，我是很想那么做，但是……”

“怎么，爱德。你是说本王没用吗？”

女王不满地鼓起腮。

“何等不懂知恩图报。你以为是谁让不过是一个寒酸小鬼的你登上这个位置的。本王很伤心啊。”

“请等一下，女王伊丝塔。没有这回事……”

“够了。那么，你就献上更多的魔力吧。我要把第二军传唤至此！”

“呃！”

听见女王的话，格丽泽尔达感到战栗。

传说恶魔亚斯塔洛拥有四十支军队。格丽泽尔达原本以为女王召唤的怨灵就是那些军队。

然而，如果那些怨灵整体才算“第一”军呢？

女王仅仅亮出了四十分之一的战斗力？

“没办法啊。”

院长凝聚魔力。空气犹如暴风雨一般倒流。巨大的魔力传遍女王的全身，就连格丽泽尔达也胆战心惊，就在这个时候……

“到此为止了，老头。”

有人一阵风似的出现在院长身旁。

那人挥下一把剑，挡住了院长的去路。

格丽泽尔达认得这人。这个女人是由英国政府派遣的院长秘书。

“如你所见，我现在很忙啊，艾薇儿？”

“不用担心，我带来的事更忙。国王陛下亲自传唤你，说有事情要问你——格兰比尔的事。”

“呼……动作还真快。”

院长露出兴致勃勃的眼神，单手合上了雷蒙盖顿。女王说了句“喂，爱德……”，但她还没来得及开口指责，便在一瞬之间消失了。

院长恢复了以往的绅士态度，回头看着格丽泽尔达。

“Miss威斯顿。我打算把今晚在这里发生过的事情全当‘没发生过’，你有什么意见呢？”

“你……说什么？”

“这里没人来过，也没发生任何事。我也没打算责罚你的行为。因为明明没发生任何事，所以也不可能进行处分。”

该死的老狐狸。格丽泽尔达苦笑着说道：

“我完全听不懂你在说些什么。明明今晚这里什么都没发生，那还说什么放过我啊？”

院长满意地点了点头。

“那么，我们走吧。我送你去地面。”

他的意思是跟他走。这里是学院最重要的设施，他肯定不想格丽泽尔达继续随意走动吧。

格丽泽尔达在艾薇儿怀疑的目光下跟着他们离开。剑盾也变成了机械天使，以丝毫不像机械的优雅步调跟随她。

格丽泽尔达走在昏暗的通道上，产生了前所未有的不安。

雷真肯定在前方战斗过。但是，从刚才开始就听不见战斗的声音。

是决出胜负了吗？那个笨蛋究竟……还活着吗？

院长步调悠然。他的背影令人痛恨。

## 4

“‘伟大者（马格纳斯）’……”

爱丽丝看见那银色的面具，便产生了畏惧。

不只是爱丽丝。无论身陷何种困境都能笑出来的雷真，如今也一脸紧张地僵住了。至于夜夜，她的膝盖微微发抖。

对方的身高比雷真高半个头。他头戴面具，身披礼服，完全看不出容貌。

明明给予他人强烈的印象，却让人完全捉摸不透真实身份。

三个自动人偶犹如亲卫队一般，在他身边候命。

人偶身穿鲜花般的礼裙，纤薄面纱上有东洋的文字。文字潦草，连精通语言学的爱丽丝也花了一段时间才能判别。火、镰、玉——是她们的名字的一部分。这样看来，那三个人偶应该是火垂、镰切和玉虫吧。

火垂双手拿着短剑，镰切拿着长柄大镰刀，玉虫拿着剑。虽然她们没有摆起架势，但武器已经出鞘，处于临战态势。

这是马格纳斯率领的“战队”。总数应该有六个，但现在只能看见三个。

“这安排还真是通晓人情世故啊，院长。”

雷真擦掉了流下的冷汗，露出了微笑。

“正好。趁这机会断绝这段孽缘吧！”

“慢着，雷真。还是等‘剑帝’或者‘暴龙’会合更……”

“没时间了。现在后退的话，辛格和你都没救了。”

“请退后，爱丽丝小姐。会被战斗波及的。”

夜夜顾及爱丽丝而提出忠告，她似乎也充满战意。

马格纳斯打量了一下雷真，点了点头。

“看来你变强了。你真的能毫不畏惧地对抗曾经打败过你一次的敌人吗？”

“我怕啊。但是，我更想趁现在和你战斗。”

“真是匹夫之勇。你是想测试，自己得到的力量究竟有多强大。”

“是啊，这是匹夫之勇。但是，别以为我还和那个时候一样啊。”

“嚯……你说有什么不同呢？”

下一个瞬间，“咔”的金属声响彻大厅。

三名少女出现在雷真的咫尺之处。看来是火垂从正面、玉虫和镰切从背后向雷真发动了攻击。

三名少女向后跳开。面纱掀起，露出了惊讶的神情。

雷真看着自己左手的食指。食指被稍微割破，冒出了血珠。伤口只有被针刺伤的程度。从状况来判断，他大概是接住了火垂的一击。

另外两个人偶的攻击雷真连防都不防，是仅靠小幅度的动作就躲开了吗？

“果然厉害。那些家伙居然靠原本的力量就贯穿了金刚力。”

雷真笑道。马格纳斯钦佩地看着雷真。

“真了不起。在那一刹那援用了‘金刚力’啊。”

“要夸奖我还有点太早了。”

雷真抓住右手的布，连同袖子一口气撕裂。爱丽丝看见袖子下的东西，吃惊得睁大了双眼。他的右手上画着不可思议的纹样。是文身吗？像迷宫一样错综复杂。

一接触到空气，纹样便开始发出红光。

“夜夜。吹鸣四八冲。”

“是！”

五根丝线从雷真的手指伸出，连接夜夜的背部。

魔力丝线释放出蓝白光芒，耀眼得能灼烧视网膜。爱丽丝睁大了双眼，她从未见过如此精细的收束，连她父亲爱德华也未必能办到……

夜夜爆发性加速，冲向马格纳斯。

理所当然地，“战队”不会允许她突破。镰切启动魔术，让火垂瞬间转移到马格纳斯面前。火垂交叉小刀，挡住了夜夜的拳头。

然而，她没能完全接下来！

短剑碎裂，火垂被击飞。她就这样撞到墙上，埋进了石壁之中。墙产生了蜘蛛巢状的裂痕，整个大厅剧烈摇晃。

爱丽丝感到惊愕。夜夜压过了马格纳斯的“战队”！

雷真浮现出畅快的笑容，握住了右拳头。

“我没有能耐操纵十根‘丝’。那么，五根就够了。”

马格纳斯看了看雷真的手臂，无趣地低声说道：

“封印一边的纺车，只用一条手臂织线——里门红翼阵‘舍法散华’啊。”

“唔！”

“你吃惊什么？你以为赤羽一门上千年的历史之中，没有一个人和你得出同一个结论吗？”

他用红色双瞳注视着雷真，淡漠地继续说道：

“虽然我从未见过术式，但它们的目的是一样的。古语有云，‘红翼阵’有三个门——‘十重’‘十束’‘十厘’。里门是放弃其中之一，只靠‘十重’‘十束’两个门来完成的妥协之路。”

马格纳斯叹了一口气，然后失望地摇了摇头。

“你太心急了，主动抛弃了天赋之才。”

爱丽丝偷看雷真的侧脸。

雷真脸色苍白。但是，他并没有失去斗志。

“为了战胜你，我什么都会做。另外，我也没抛弃我不多的才能。比起这个——你刚才犯下了决定性的失误啊？”

“什么意思？”

“你在我面前，承认自己就是赤羽天全！”

轰轰轰轰……一阵涨潮般的巨响传来。

也许是憎恶呼唤了力量，雷真的身体涌出了庞大的魔力。

魔力聚集在雷真的右臂、收束成丝线，然后流进了夜夜的身体，给予了她全身强大的力量。

夜夜的头发轻轻浮起，然后突然消失。

不对，她是在奔跑。冲击波砸到爱丽丝脸上，吹乱了她的头发。

夜夜在一瞬之间冲入敌阵，攻击刚站起来的火垂。

这时候，另一个少女凭借转移挡在夜夜面前。

闯进来的是玉虫。她没有用剑，而是用左臂挡住了夜夜的

拳头。

玉虫差点被夜夜强行击飞，火垂在她身后支撑她。但夜夜的力量依然胜过她们。只要顺势压倒她们，就可以——

这时候，马格纳斯才第一次向少女们伸出右手。

他的指尖伸出了五根丝线，两根连接火垂，两根连接玉虫。二人一举增强了力量，和夜夜的力量不分上下。与此同时，玉虫启动了魔术回路。

不知是什么魔术，变化没有出现在玉虫身上，而是在夜夜身上。

夜夜一下子失去力气。

雷真反应迅速，立刻用左手搭着右臂，进一步凝聚魔力。夜夜立即站直腰杆，但功率完全没有提升！

（是在减弱夜夜的魔力……不对，是在吸收！）

玉虫不断提高魔术效果。吸收类的魔术需要极高水平的程式和精准的控制。马格纳斯若无其事地完成了这种操作，而且同时控制着多达三个自动人偶……

对，有三个。

当雷真察觉到这一点，一切为时已晚。最后一根“丝线”连接了镰切。镰切挥舞大镰刀，转移到雷真的背后。

大镰刀瞄准雷真的脖子。雷真弯腰闪避，然后一脚踢中镰切的腹部。

反击了！爱丽丝睁大了双眼，雷真向马格纳斯笑道：

“空间转移确实是一种威胁。但是，并没有增加速度。只要知道攻击的时机和位置，就可以应对。手法暴露的戏法不过是一种游戏——这话是你说的吧？”

“作为学院的一员，我给后辈一个建议吧。决定魔术是否有用的不是性能的优劣。重要的是，使用方式和使用目标。”

镰切再次消失。与此同时，她出现在夜夜头顶。

她似乎打算攻击夜夜，但夜夜正在和玉虫比拼力量，金刚力依然生效。她不会被那种镰刀击败。

“下面！雷真……”

爱丽丝还没说完，雷真也发现了。

镰切夸张的动作只是佯攻。真正要发起攻击的人偶是……火垂！

火垂在不知不觉间转移到雷真的眼前，在比他视线更低的位置。

她的攻击速度比另外两个人偶快得多。

正可谓一闪而过。火垂使出了闪电一般的掌击。

雷真能做出反应，依赖的是本能。至少，他不是依靠“看”来避开的。

他脚踏地面向后跳开。火垂的掌击勉强没有击中……

本应是这样的。

可是，分不清是血还是胃液的液体从雷真嘴里涌了出来。

“咳……啊……”

他的身体遭受到犹如炸药在体内爆炸一般的冲击。雷真脚步不稳，用手撑着地板，凝视自己吐出来的东西。他无法理解自己究竟中了什么招。

那不是冲击波。

在那一瞬间，雷真似乎给自己使用了金刚力。即使掌击能产生冲击波，硬化的肌肉装甲应该也能承受。

夜夜哭丧着脸回到雷真身边。

“雷真！请振作一点，雷真！”

“刚才……的是……什么……”

马格纳斯反而像是怜悯一般用红色双瞳俯视雷真。

“你弄错火垂的能力了。”

这样啊，原来是误会了。

火垂看起来和夜夜一样，属于用魔术提高自己的身体能力、凭借物理攻击来战斗的类型。爱丽丝是这么认为的，雷真肯定也一样。

但是，如果那种身体能力只是另一种魔术的“副产物”呢？

如果是挪用魔术效果，顺便提升了身体能力呢？

“你太迟钝了。”

雷真的正后方，传来了马格纳斯的声音。

看来他在瞬间转移了。不知不觉间，他的手上还拿着短刀。

夜夜没能反应。短刀即将割开雷真的脖颈……

千钧一发之际，爱丽丝的左臂挡住了刀刃。

“爱丽丝·卢瑟福，你这是干什么？”

马格纳斯现出了出乎意料的表情。

爱丽丝使劲扭动左臂——机械义肢，故意弄破了汽缸。刹那之间，断裂的金属管中喷出了红色气体。

“主人！请退下！”

火垂大叫。爱丽丝无视了准备后退的“战队”，同样大叫道：

“夜夜！快带雷真逃跑！”

夜夜慌忙抱起雷真，打着滚逃离了马格纳斯。爱丽丝也一边跳开，一边摘下左耳环，扔向气体的中心。

她输送魔力启动魔术。耳环迸发火花，瞬间点燃了气体，引发大爆炸。

爱丽丝混在烟雾之中逃到大厅边上，然后和夜夜一起冲进了事先做好标记的入口。

前方是楼梯。不幸的是，那是下楼的楼梯。

“爱丽丝小姐，怎……怎么办？”

“嘘！快藏起来！”

她让夜夜闭上嘴，一起跑下楼梯。

走了大约两层，她们发现了一个昏暗的横洞。她们下意识地把雷真放了进去，窥探头顶的情况。马格纳斯正在逼近，但是他行进速度缓慢。下面肯定是死胡同吧。

“雷真……雷真……”

夜夜压低声音，摇晃主人。雷真没有回答。看来他晕了。虽然几乎没有出血，但伤势相当严重。

爱丽丝看着雷真遍体鳞伤的样子，视野渐渐变得模糊。

这个笨男人。真的笨，笨得不可救药。

胸口好热，好热，热得受不了。

我为了自己而欺骗、陷害、利用他人。

他正好相反。为了他人而欺骗自己，让自己陷入困境。

不可以从人类手上夺走这种像珍稀动物一样稀少的男人。

不可以让他死去。不可以。

没想到肮脏的我，竟然还留有这种美好的感情……说实话，真是意外。

爱丽丝不禁笑了起来。她有生以来第一次想感谢神明。

（对，我还有最后的武器。）

这个武器正适合如今这个处境，甚至让人觉得会不会就是为了这一刻而准备的。

“夜夜。我有事想拜托你。”

夜夜神情紧张，满怀希望地抬起头。

“战斗结束之后，我希望你把我的尸体运出去。不要让别人发现。”

“咦……爱丽丝小姐……这是什么意思？”

“我的魔术回路很优秀。毕竟，是那个爱德华·卢瑟福制造的。即使如此，过上几天，效果就会消失。”

爱丽丝顽皮地抛了一个媚眼。然后，她启动了魔术回路——“虚像”。

夜夜看见爱丽丝变化的身姿，睁大了双眼。

接着，她理解了一切，泪流满面。

“哎呀。你是为我哭吗？”

“因为……”

“你真善良。明明我对你说了很过分的话。”

她轻轻搭着夜夜那瘦小的肩膀。

“你会帮忙吧？我想救他。”

夜夜点头。她眼里映着另一个雷真。

受伤的状态、渗出的鲜血……一切都一模一样。

爱丽丝乔装成雷真，还给真正的雷真使用“虚像”。

雷真拟态成瓦砾的一部分，被她塞进了横洞里面。毕竟是“谍报活动专长”的魔术，除非进行特别精密的探测，否则就无法发现雷真。

“永别了，雷真。和你的婚约游戏——很开心啊。”

爱丽丝向雷真道别，走出了横洞。她和夜夜一起回到楼梯，她们隐藏在拐角处……

火垂走了下来，夜夜偷袭她。

飞腿直接命中，火垂被打飞。伤害并不大，但奇袭成功了。

火垂翻转落地。她的背后出现了马格纳斯的影子。

爱丽丝模仿雷真的语调说道：

“你以为已经赢了吗，马格纳斯？我可还没死啊！”

声音的音调使用魔术来调整。但是，人没办法主动查证自己的声音。不知道听起来是否一模一样。好不安……但我会努力做到。我骗过很多人。现在不过是一个马格纳斯，我一定会骗过他！

“走吧，夜夜。”

“是！”

夜夜用力点头，爱丽丝输送魔力。

战斗重启。夜夜整个人撞向火垂。

但是，“战队”有三个之多。玉虫拔出剑，协助火垂。夜夜瞬间被逼入绝路。

镰切手执大镰刀，跳向爱丽丝。

大限将至。爱丽丝在心中微笑。

即使被砍头，“虚像”也不会失去效果。这里会留下和雷真一模一样的尸体，没人会理会真正的他——本应如此。

至于这种欺骗是否对马格纳斯有效，那得赌一把。但是，如果爱丽丝判断正确，即使马格纳斯多少会产生疑念，想必也不会继续追击吧。

（永别了，雷真。）

爱丽丝再次在心中道别。刀刃划出新月般的轨迹，向爱丽丝的首级逼近，忽然又停下了。

“唔？”

镰切在爱丽丝的眼前痛苦地扭动身子。她似乎动弹不得。

等回过神来，爱丽丝发现蓝白色的魔力丝线缠住了镰切的身体。

爱丽丝连疑惑的时间都没有，一个人突然出现，靠在她的肩膀上。魔力丝线顺势接触了爱丽丝，轻而易举地破坏了爱丽丝竭尽全力做好的拟态。

抱着爱丽丝的人，是雷真。

他呼吸急促地抱紧了爱丽丝。不对，是挨着她。

“雷真……你干……什么啊！我好不容易才……你真笨！”

“你才笨啊！”

雷真向爱丽丝怒喝道。炽热的呼气吹拂耳朵，让爱丽丝吓了一跳。

“你太自作主张了！连累了我……捉弄夏尔和安利……肆意妄为，然后又擅自告别……开什么玩笑！”

“可是，我对你们……”

“有心赎罪的话……”

他紧紧地抱着爱丽丝，力气大得几乎能折断她的肩膀。

“就活着补偿！”

爱丽丝下意识忍住了不禁涌出的呜咽。

活下去，继续活下去。

她还是第一次听见别人这么说。

雷真抬头看着马格纳斯，呼唤自己的搭档。

“上吧，夜夜！”

“是！”

不知道哪来的力量，雷真体内涌出了更庞大的魔力。

然而，以结论来说，在这份魔力发挥功效之前，战斗便结束了。

“时间到了，马格纳斯同学。”

楼梯上传来了院长的声音。

## 5

金波莉脚踏魔术合金地面，飞速疾驰。

她穿着一件用金丝缝制的、附带兜帽的黑色斗篷。动作轻盈得像在飞行，毫不拖泥带水。

她在距离那个“圣堂”约四百米远的地点，发现了洛基。

他把大剑插进地面，当成拐杖使用。不知道他干了什么，魔力几乎耗尽。白皙的脸庞比平常更加发青，身体微微颤抖。

为了不吓到他，金波莉故意弄出脚步声走过去。

“看来不需要我啊。”

这一带完全没有敌人的动静。只有焦黑的自动人偶残骸倒在地上。

“这残骸，是代码PX吧。是你干的吗？用智天使的火焰？”

“怎么可能用火焰杀死不死鸟。”

洛基似乎有点意识模糊，说话有气无力的。

“那么，你用了什么手法？那可不是司空见惯的戏法吧？”

“火焰……并不是只能用来烧对手……”

“纯粹当成推力来使用？”

洛基没有回答，但想必是默认吧。加速并用大剑的质量砸向对手——他就用这种原始的方法，斩断了那个菲尼克斯吗？

菲尼克斯的火焰并不是只能用于攻击，还可以喷射火焰来削减对方攻击的威力。如果它获得了能突破智天使防壁的加速度，那智天使被撞击的冲击力折断也不足为奇。

智天使确实遍体鳞伤，但还维持着剑的形状。

是通过念动力来弥补强度吗？如果把遭受的冲击力纳入计算范围，需要的魔力就远远超过人类的极限值，能和动用几百人的仪式魔术比肩。

“精彩。”

金波莉打从心底感到佩服，夸奖了洛基。洛基讥讽地笑道：

“被你夸奖的话……会觉得另有阴谋。”

“这是我的真心话。罗森堡好像没被杀掉啊，没有尸体。”

“在魔术师人生的意义上，我杀了他。我夺去了他的得力助手，在他的灵魂中刻下了恐惧……”

对手拿出了传说级的自动人偶，但洛基向对方展示了绝对无法超越的力量差距，把对方打得体无完肤。他肯定会萎靡不振。假设他能振作起来，也会产生心理阴影，不可能回归战场。

忽然间，传来了拍打翅膀的声音。

他们抬头仰望，有一条龙滑翔而来。不用说那就是西格蒙特，夏尔和芙蕾坐在它的背上。夏尔看见金波莉，吓了一跳，但令她更加吃惊的是洛基的状态，她慌忙着陆。

“你做了什么啊！这不都快死了吗？”

“和你没关系。”

“洛基，不准你这样说！夏尔可是很担心你啊！”

洛基被姐姐斥责，便摆出闭口不言的模样把头扭到一边。他差点瘫倒，芙蕾连忙接住了他。

“洛基！不要紧吧？”

“抱歉，笨蛋姐姐。今天……我要睡了。”

洛基的头一下子失去了力气。他整个人的体重都压在芙蕾身上。

“洛基？洛基！”

“不用担心……也不能这么说，不过他只是因为魔力消耗过大晕倒了而已。”

虽然金波莉嘴上说得轻松，但还是急忙检查洛基的身体。

她发现了左手腕的伤口。手臂上有用绳子勒紧而强行止血的痕迹。血液没有流进左手腕。是伤到动脉了吗？不赶快处理一下，就会危及生命。

“这可不妙啊。赶快把他送到上面，让那个庸医处理！”

她不禁反常地大声叫喊。夏尔和芙蕾都脸色发青，急忙让西格蒙特背起洛基，飞向地面。

龙匆忙离开之后，金波莉突然觉得好笑。

“话说回来……真是一个了不起的小鬼。”

金波莉背后的地面，形成了长达二十米的裂痕。

肯定是智天使砍裂的吧。魔术合金制造的坚固地面就像冰河的裂缝一样，开了一个大口子。

“真的很了不起。”

一个类似琴声的稳重声音传来。

金波莉没有吃惊，而是回头看着背后。一位身穿艳丽和服的女性，带着同样穿着和服的伊吕利向这边走过来。

“是花柳斋大人啊。你为什么会来这里？”

“和你一样啊。因为在意可爱的小孩们。”

“我可没这么温柔啊。”

硝子转动眼罩的镜片，环视周边一带。

“罗森堡家的长子在这里被击溃了呢。”

“嗯。德国肯定会放弃‘十字架骑士团’吧。佛拉格拉克计划破产，德国的神性机巧开发工作会大幅度退步。”

“击败长子的人，是那个叫洛基的小男孩？”

“好像是。”

“但是……这场骚动肯定会被当成‘倒数第二’的所为吧。”

硝子梳起头发，摆出一副受不了的神情叹息道。

“和‘十字架骑士’的对立，第一次可以当成不幸的差错。但是……日德已经结下宿怨了啊。”

她说得对。即使不能曝光，军方首脑也已经产生了怨恨。在未来的世界大战里，日本和德国肯定会敌对吧。

“又离和平远了一步……只不过，我对世界的未来不感兴趣。我感兴趣的是……”

“神性机巧，是吗？”

硝子妖艳一笑，摇了摇头。

“我的愿望是制造人类啊。制造神的孩子。”

她转身离开。伊吕利也行了一礼，跟在她的身后。

“真是一个谜团重重的人，而且还有毒。只不过，我也没资格说别人。”

金波莉苦笑道，朝和硝子相反的方向走去。

## 6

雷真哑然无声，抬头看着院长。

“结束了，马格纳斯同学。”

“是。”

火垂、镰切、玉虫立即后退。

院长俯视着雷真，缓慢地走下楼梯。

爱丽丝在雷真的臂弯里挺直身子。院长定睛凝视女儿这个样子，然后看着雷真，笑容满面地说道：

“你们赢了。那是你安排的吗，爱丽丝？”

爱丽丝低着头，有气无力地回应道：

“是的。”

“做得好。”

音量很小，但雷真确实听见了。院长说了句“做得好”，爱丽丝听见这话后呆若木鸡，不明白自己为何被称赞了。

但是，她连求证的时间都没有。院长迅速转过身说道：

“那么，我们走吧，马格纳斯同学。”

雷真的心态瞬间超越了沸点。

“慢着啊，你这个臭老爸！你没别的话要跟这家伙……”

“没关系，雷真。”

爱丽丝抓住雷真的手臂制止他。

“没关系。”

爱丽丝说完，便脆弱但是又带有几分骄傲地露出了微笑。

“你要抱爱丽丝小姐抱到什么时候啊，雷真？”

夜夜冰冷的声音让雷真回过神来。他慌忙地放开了爱丽丝，接着他脚步不稳，夜夜则迅速来到他身边支撑着他。

“抱歉，我先走了。我很担心辛格。”

爱丽丝内疚地说道，然后跟着院长走上楼梯。

“那家伙竟然这么坦率地说‘担心辛格’，有点瘆人啊。”

雷真苦笑道。夜夜也受他影响，笑了出来。

格丽泽尔达和爱丽丝擦肩而过，出现在楼梯上。她带着两个机械天使，快步走下楼梯。

“笨徒弟！没事吧？”

雷真一看见格丽泽尔达的脸，便松开了心中紧绷的弦。

挫败感现在才涌上心头。

输了。

完全败北，连比试都算不上。

马格纳斯只用了一条右臂、“战队”中的三个人偶。可是……

（我究竟想追上什么啊？）

以为只要会使用红翼阵就能跟他平分秋色吗？以为自己和他站在同一起跑线吗？

不对！和哥哥的绝对差距，一点也没缩短！

“师父……请再锻炼我一次，彻底锻炼我！”

什么万全状态啊。就算维持这种东西，也追不上那家伙。

需要严苛得要死的——甚至超越死亡的——修炼。

雷真低头恳求，格丽泽尔达注视着他。

她轻轻把手插进怀里，拿出了一个信封。

“说起来，我忘记给你了。”

“信？寄信人是伊利亚德……是约奥？”

是约奥内拉寄来的信。雷真急忙拿出信纸阅读。

“写给亲爱的雷真。趁着交纳‘米迦勒’和‘拉斐尔’之际，我顺便写了封信给你。虽然风格和我一直以来的作品差了一百八十度，但她们都是我可爱的自信之作。有机会的话就来见见她们吧。我已经跟她们两个说过你的事了。”

“她们一上来就骂我。”

雷真望向两个人偶。对方似乎对雷真不感兴趣，连看也不看他一眼。

“我想你看了实物肯定会吃惊的。因为概念和伊文完全不一样。我想做的是和人类一模一样的人偶，但为了接近这个目标，我特意尝试了一下完全相反的方向。虽然这么说，但基础

设计遵循了客人的指定……”

她一如既往，一涉及自动人偶的事就会滔滔不绝。

雷真回忆起约奥内拉天真烂漫的笑容，内心感到温暖。

信纸大半部分都用来讲解两个人偶，令人看不懂的信就这么结束了。

只不过，最后附带了一段令人高兴的文字——

“调查还要花上一段时间，但全靠‘米迦勒’和‘拉斐尔’，我好像可以比想象中更早回去。再见。期待再会！”

也许是约奥内拉的开朗感染了雷真，他的心情不知不觉间轻松了不少。

难道，格丽泽尔达是想鼓励雷真吗？

他抬起头。出乎意料地，眼前是她冰冷的表情。

“你在舒心什么。我要你看的是后面的。”

“啊？呃……‘你的约奥内拉献上赤裸的爱’♥。”

约奥那家伙，居然留了个炸弹！

“那是什么意思！你又诱惑女人了！”

“不是！那家伙单纯只是讨厌穿衣服……”

“夜夜也很关心这一点。非常关心。”

“别莫名其妙地关心！话说，你认识约奥吧！”

“雷真，你们什么时候有了肌肤之亲！”

“明明在玩弄我，还有脸要我帮你修行！哎，剑快过来！我要砍死这家伙！”

格丽泽尔达和夜夜杀气腾腾。雷真感受到有生命危险，便如脱兔一般地逃跑了。

他手脚并用地跑上楼梯，忽然听见了类似惨叫的喊声。

“辛格！辛格！”

是爱丽丝的声音。三人面面相觑，跑上了地面。

三人跑上一楼。在楼房入口那里，有两个人影重合在一起。

爱丽丝抱着遍体鳞伤的辛格。

“辛格！你这个叛徒！”

月光照亮了辛格的表情。辛格的外伤已经修复，但满身血泥，看起来极为憔悴。

“对不起，大小姐……我本来觉得应该自尽，但是……”

他软弱无力地低声说道，似乎打从心底为自己的窝囊感到后悔。

“我想到了一些东西，就选择了‘生’。为此，给大小姐添加了不必要的麻烦……”

“怎么可能不必要啊！”

爱丽丝不再掩饰泪水，哭着敲打辛格的胸口。

“你连这种事都不明白吗！你真笨！跟雷真一样笨！”

“别拿我来当标准！喂，辛格，你干吗一脸悲伤！”

雷真不禁吐槽。但是，这对主从已经听不见了。

爱丽丝捏着辛格的衬衫，把额头埋进他沾满血痕的胸口。

“你是我的所有物。过去也好，将来也好！只有我批准的时候，你才能死！在那之前，不允许你死，也不允许你失踪。办得到吗，你这个笨蛋！”

主人的肩膀激烈起伏，辛格战战兢兢地伸出手。

“虽然爱丽丝·卢瑟福的管家并不是完美无缺……”

他想触碰她，却又犹豫，迷惘了好久，最后选择了轻轻抱住。

“既然是大小姐的命令，那就是小菜一碟。”

他轻轻微笑，如此说道。

爱丽丝没有回应。夜夜在旁边抽泣，格丽泽尔达把头扭到一边。她们两个肯定都对魔术师与自动人偶的关系有所感触吧。

看见辛格和爱丽丝互相偎依，雷真感觉自己的心结解开了。

然后，他再次想起自己的目的。

我输了。但是，我还没死。

只要在下一次战斗的时候……获胜就行了。

“现在马上开始吗？我倒是不建议。”

尽管遭到如此警告，但夏尔和雷真还是决定立即解咒。

这是在夺回辛格的作战开始之前，在地底大厅发生的事。

爱丽丝在地板上画了魔法阵，用桌子代替祭坛。她把妖精大小的夏尔放在桌子上，让雷真站在夏尔前面。

在芙蕾、洛基、夜夜以及西格蒙特的看守下，爱丽丝讲解了操作程序。

“接下来要开始解咒了……雷真，你喜欢夏尔吗？”

“莫名其妙地问什么啊！”

夜夜的瞳孔用力收缩。夏尔和芙蕾也一脸正经地看着雷真。平常他会蒙混过去，但既然这问题和解咒有关，那就不能那么做。

“如果问喜欢还是讨厌，呃……算喜欢。”

“那么，接下来你要抱着那份心意说出来哟。”

“等一下！难道解除口令是……”

“嗯。口令是‘I love you’。”

“你这家伙！居然偏偏设定那种台词！”

“解咒有三个触发条件。首先，要在十厘米

以内的距离下互相对视。其次，要正确说出口令。最后，说话行为不能夹带谎言。”

“谎言？”

“意思是要你抱着真心去说。至于该采取什么方法……对了，你就联想一下夏尔洛特的优点吧。一旦失败，夏尔洛特就永远不能恢复。”

“开什么玩笑！这么危险的事……”

“做，还是不做？”

夏尔低下头。她肯定很不安吧，这也无可奈何。

雷真下定决心。他粗暴地回答“只能做吧。”

芙蕾和夜夜的目光好刺人。雷真自暴自弃地把脸凑到夏尔面前。

夏尔的双眼热情湿润，那不安的表情格外可爱。雷真一边脸红，一边说道：

“夏尔。你，呃……很粗暴。”

夏尔摔倒。

“既不率直，一发生什么事就乱放光栅加农炮，又不听别人说话。”

“干吗啊！你在找碴吗？”

“但是，你了解‘高贵之人的义务’，懂得顾及对方和对方的自动人偶，是一个善良的家伙。这样的你……我很喜欢（I love you）。”

刹那间，一声清脆的破裂声响起，诅咒轻而易举地解除了。

“成功了！变回原本的大小……”

夏尔说到一半，整个人便僵住了。

她完全没有穿衣服，而且雷真的头就在她肚脐前十厘米的地方。

“光……光栅加农炮！”

“说到夏尔洛特那个时候的样子，还真是经典啊。”

爱丽丝愉快地笑道。

这里是医学部五楼，“附属医院”的住院楼。爱丽丝坐在床边，和住院的女学生谈笑。

“那个‘暴龙’啊，也就是说她也是个少女。”

这个优雅地微笑的女学生长着蜂蜜色的美丽金发，正是奥加·萨拉丁。不是爱丽丝乔装的，而是真正的学生总代表。

爱丽丝摆正姿势，真挚地看着奥加。

“谢谢你，奥加。全靠你迅速处理，我们才能把‘秘密’的存在告诉王室……塞德里克的尸首就在学院里。”

当负责佯攻的雷真和洛基大闹的时候，负责潜入兼“主力”的夏尔和芙蕾趁机潜入“柜子”，带出了安置的遗体。

“没什么，这是所谓的互利共存……话说回来，你们还真大胆。这么做，就算院长被罢免也不奇怪啊。”

塞德里克遭到德国暗杀……原本政府是这么认为的。但是，因为遗体在学院内出现，德国的嫌疑消失了。英国和德国迅速和解，暂时避免了世界大战。

“爸爸是一个冷酷狡猾的人。他不会因为那种程度的过失就退场。”

“以结果来看，似乎是这样。他究竟是怎么让王室认同‘是对学院有恶意的人做的手脚’这种说法的呢……而且，竟然也没有惩罚你们。”

“因为我们声称是奉爸爸之命曝光了这个‘手脚’呢。别说受处分，甚至值得颁发勋章。而且……爸爸大概很想公开那件事。”

“公开？为什么？”

“世界大战爆发得太快——不是爸爸意图中的时机。虽然这么说，但爸爸亲自曝光的话，就等于承认自己参与了这件事。他想让别人——像我们这样的人曝光。”

“这么一来，他就可以反过来推托自己‘被陷害了’……是吧。听你这么一说，这次的事说不准到底算不算学院的意思了。擅长欺瞒他人……真像那老狐狸的做法。”

奥加厌恶地笑道，然后她看了看墙上的时钟。

“嗯，已经这个时间了。可以帮我推轮椅吗，爱丽丝？”

“你可以外出了吗？”

“下周我就回校。因为不知道让你代理会做出些什么。”

“我不是帮你破坏了你的亲事吗？”

“那导致我差点被断绝关系。你的做法太过激了。”

奥加苦笑道，爱丽丝扶着她，让她坐上轮椅。然后爱丽丝推着轮椅离开了病房。她们坐手摇机巧电梯到了一楼，走出走廊，这时候——

“贵安，学生总代理。我来接您了。”

一个眉目清秀的男学生爽快地向奥加搭话。

那是一个长着金发、皮肤白皙的好青年，释放出温和的氛

围。他身后还有一个身材高大的男学生，长着发黑的金发，眼神锐利，看似充满攻击性。

二人是泽卡罗斯兄弟。兄弟都是名列“十三人”的实力派。顺便一提，好青年是弟弟，冷淡的是哥哥。

“麻烦你了，爱丽丝。送我到这里就行了。”

“我们来接手，Miss伯恩斯坦。”

泽卡罗斯弟弟直爽地微笑道，说出了令人怀念的名字。

虽然没到有种不好的预感的程度，但爱丽丝感觉不对劲。她抱着难以形容的心情，送别了奥加和两兄弟。

十分钟后，奥加来到中央讲堂的会议室。

那里摆着一张巨大的圆桌，列席的都是优秀的成员。

“感谢各位参加。‘圆桌会议’现在开始，‘十三人’的诸位。”

奥加露出睥睨一般的眼神，环视了所有人。

马格纳斯坐在奥加对面，他今天只带了火垂。

他旁边坐着俄罗斯的“女帝”索涅奇卡。她姑且穿着制服，但无论怎么看都是特制品，用裙撑撑起长裙，背心做成紧身胸衣的风格。上衣胸口大开，比起学生，她更像一位旧世纪的贵妇人。

说到引人注目，要数坐在她对面的人。那里坐着一位穿着和服裤裙的大和抚子，有两名男子跟随左右。她连制服都没穿，只有缎带和鞋子算洋装。

众人之中有一名男学生风格迥异，他用杂志盖着脸，把双腿放上桌子，是在场的人之中唯一不懂礼仪的。

除此之外，还有来自印度的留学生、泽卡罗斯兄弟、抱着黑剑的女学生、看似年仅十岁的年幼少女……

最后一人，是英国骄傲的才子——执行部议长塞德里克·格兰比尔——只有奥加和马格纳斯知道这是冒牌货。

算上没传唤的夏尔和洛基，合计“十三人”。

“请各位专程来一趟不为别的，就是‘倒数第二’和‘剑帝’的事。正如大家所知，他们势如破竹，已经没有人能阻止了。”

泽卡罗斯弟弟派发提要，上面写着计划的全貌。

一行人默默阅读。奥加一边冷静地观察众人表情的变化，一边继续说道：

“学生们自不用说，校外也出现了投诉。以执行部的立场来看，情况不尽如人意……但很不巧的是，在晚会的规条上，这样并没有什么问题。因此，我希望我等团结一致，始终以‘公平的方法’介入……”

俄罗斯的“女帝”优雅地站了起来。

“你要回去吗，索涅奇卡？”

“对不起。我没打算拉帮结派。”

她举止温和，但眼神犹如燃烧的烈火，看来她很生气。“女帝”让裙子随风飘扬，脚踩高跟鞋咯咯地作响，离开了会议室。

泽卡罗斯弟弟苦笑道：

“哎呀。早早就有一个人脱离计划了呢。”

“她说‘没打算拉帮结派’。可不知道她会怎么出手。搞不好，她还会率先实行……马格纳斯？”

奥加望向自己的对面。戴着银色面具的男子不声不响站了

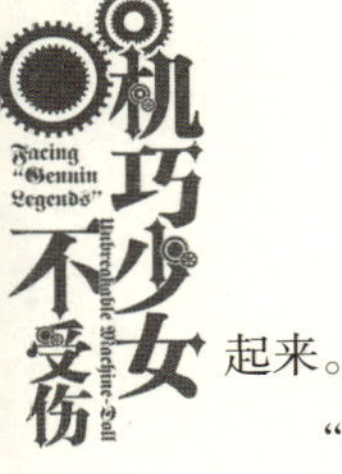

起来。

“你也要退出吗？”

“我明白你的提议了。但是，很不巧，我没兴趣。”

马格纳斯带着火垂离开了。奥加环视一行人。

“反对的人不用客气，尽管提出。伊奘那岐的公主怎样呢？”

她把话题投向大和抚子。少女“唧”了一声，瞪着奥加。

然后，她忽然失去了活力，沮丧地低下头。

“怎么了，你脸色看起来不太好……嗯，你在哭啊？”

一行人的目光聚集在少女身上。正如奥加所说，少女泪流满面。

她几乎大声抽泣，一副不像能回答的样子。

其中一名体格健壮的从者站了起来，代替主人低头致歉。

“对不起，学生总代理。小姐现在，那个……是所谓的伤心。”

“伤心……她失恋了吗？”

这似乎是禁句。少女一下子大声哭了出来，挡着脸跑开了。

“小姐！呃呃……请饶了我吧！小姐，站住啊！”

“那么，我们就此告退。”

另一名身材苗条的男子四处赔笑。在莫名其妙的情况下，三人就匆忙离开了。

“嗯……唔，算了。那边那位新人又如何？”

奥加把话题投向态度极差、看似最没有干劲的男子。

他倦怠地挪开了杂志，杂志下的相貌俊俏得令人意外。表情颓废懒散，但散发出不可思议的魅力。

他心不在焉地看了看奥加，然后叹了一口气。

“怎样都无所谓。既然谈的是这个，那就让我回去吧。我想午睡。”

他一边打呵欠，一边离开。泽卡罗斯弟弟大笑道：

“这人真没干劲啊！”

“那当然。毕竟，他是‘倒数第一’。”

“他是代替菲尼克斯加入‘十三人’的吧？”

“他成绩垫底。定期考查全交白卷，从未提交过报告。他不会被退学，完全是因为……”

“才能出类拔萃？”

“对。据说认真起来可以和‘元帅’阁下媲美。只不过，他从来没认真过。”

“嚯……那还真期待呢。”

“除此之外还有不想参加的人吗？这次的集会并不是强制性的。”

奥加催促道。但是，没有人离席。

“那么，就让剩下的人执行吧。‘十三人’依次‘主动降级’，参加晚会。你们可以协助下位参加者，也可以把他们排除掉。只不过，在我等所有人参战之前，七至八夜之间禁止一切交战。”

“意思是‘我等’对吧？”

塞德里克举手询问。奥加点头回应。

“如果雷真、芙蕾、洛基主动攻击，可以击退他们。”

“明白了。这个计划要怎么称呼？”

“是啊，‘十三人’要拉拢其他‘手套持有者’，组织军团。在这场争斗当中互相争夺棋子、偷袭、算计都无所谓……这么

一来……”

奥加想到了一个合适的词语，点了点头。

“叫‘圆桌战争’如何？”

她环视众人。一行人敲响了桌子。看来他们认同了。

“那么，‘圆桌战争’现在开始。诸位，让我们群雄割据吧。”

奥加无畏地宣言道，一只小红龙在她大腿上冷笑。

雷真住在医学部一楼熟悉的病房里，一脸不高兴。

“真是作呕。”

“唔……”

“实在不愉快。好恶心。”

“唔……”

“好想干脆放个血洗干净血管。”

“那你就那么干好了！别跟我发牢骚！”

他情不自禁坐起来怒喝道。

洛基躺在他旁边的床上，从刚才开始就一直唠唠叨叨。

“你有什么不满啊！我都把血分给你了！”

“想卖人情的死东洋人。我不过是把你干过的事回敬一下而已。”

“那就别说什么恶心！这原本是你的血吧！”

“闭嘴。借来的东西要完好无损地归还才符合礼仪吧。别混杂质啊。”

“你要我怎么分离啊！话说，不要把我的血当成杂质！”

正当二人争执的时候，房门忽然打开。

“看来你很精神呢，雷真。连在走廊都能听见你们吵架。”

爱丽丝笑着走进病房。洛基和雷真同时闭上了嘴。

“哎呀，不欢迎我呢。我是妨碍你们谈情说爱了吗？”

“别相信一些无中生有的事！”

二人异口同声地说道。爱丽丝呵呵笑道：

“有精神就陪我一下吧。辛格泡了红茶。”

雷真失血严重，体力仍未恢复。他也不想未经夜夜和克鲁艾尔的许可就擅自外出。但是，总比在这里和洛基对骂更好吧。

他在爱丽丝的带领下，来到医学部的前庭。

前庭摆放着白色的桌椅，辛格准备了下午的红茶。

“请用，Mr.赤羽。”

辛格拉开椅子邀请道。雷真有所警惕，但还是乖乖坐下了。

爱丽丝和雷真默默地品尝了一会儿红茶。

雷真心情轻松，眺望开始变绿的树木。

不久之后，他脑海中浮现出一个疑问。犹豫了一阵子之后，雷真开口说道：

“话说，关于你之前说过的，心伤之类的事。”

“神性机巧的那个？”

“那说的不是夜夜，是说你自己吧？”

“呃……”

“院长把魔术回路放进你体内，追求神性机巧……在这基础上，你还这么说过，‘在内心的某个地方，期待过他的目的是我’。也就是说……你就是学院的神性机巧吗？”

“只是我擅自以为可能是这样而已。”

爱丽丝忽然寂寞地微笑了一下，放下了杯子。

“雷真，我呢，出生时其实不是四肢健全的。”

她指着左手——那条看起来没什么异样，实际上是机械制造而成的手臂。

“为了让我活命，无论如何都必须进行机巧手术。我两岁的时候，爸爸占据了学院，强硬地推进神性机巧的开发工作。是女儿的话，无论是谁都会期待吧。会觉得爸爸可能是为了让我变成‘正常的’人，才会采取这种行动。”

“那么，你会听从院长的吩咐，是因为……”

“既然爸爸是为了我才做这些事的，那我也想帮他，而且也有义务帮他。”

“在那之后，院长怎样了？”

“没什么变化啊。什么都没变。”

意思是立场和态度都没变吧。

“或许这是最后一次，能像这样和你一起品尝红茶了。”

忽然间，爱丽丝的语气变得忧郁。

说起来，她曾经说过，寿命之类的问题……

雷真的神情似乎变得非常沉重。爱丽丝笑了出来。

“你干吗摆出这样的表情啊。我的意思是在风声过去之前要先躲避一下。在此期间，如果你犯傻死掉了，我们就再也不能一起喝红茶了吧？”

“居然是担心我啊。”

但是，他紧张的心情并没有消失。毕竟，爱丽丝擅长欺骗他人。

爱丽丝忽然露出认真的眼神，直视雷真。

“话说，雷真。你真的不能成为我的所有物吗？”

“我拒绝。”

“那么，可以按照你之前说的那样……让我成为你的所有物吗？”

“这个也拒绝。”

“这样啊。真可惜。”

“你属于你自己。”

“呃……”

“当你理解这一点，能平等看待彼此的话，我会接受你。”

爱丽丝惊呆地看着雷真。

然后，她脸庞微微泛红，害羞地斜眼看着雷真。

“这句话……我可以当成求婚吗？”

“不行！不要曲解！无论怎么想，我说的都是‘同伴’吧！”

“所谓的说话行为呢，比起说话方的意图，听话方的感受更重要。即使你没这个意思，你说的话也会伤害和侮辱他人——既然我听成了求婚，那你就应该负起责任。”

说时迟那时快，她来到雷真的大腿上，偎依着雷真。

头发的香味扑鼻而来，少女的体温和体重，让雷真的理性迅速消失。

幸好……这么说可能有些不妥，但雷真根本没时间犯错。

他背后闪过一阵恶寒。雷真战战兢兢地转过头，便看见微笑着的罗刹……不对，是夜夜，在雷真的背后散发妖气。

“爱丽丝小姐……请你离开雷真……趁夜夜还笑得出来的

时候……”

“冷静点，夜夜！你是在笑，但好可怕啊！”

“雷真请闭嘴！这女狐狸特别危险！她欺骗雷真订婚简直就是家常便饭啊！”

“哎呀，说欺骗还真意外呢。雷真真的想和我结婚啊。”

“别说谎，爱丽丝！你干吗若无其事地说出这种爆炸性谎言啊！”

“我没说谎啊。你听听。”

爱丽丝用手指弹了弹右耳的耳环，输送魔力。一刹那——

“你敢和我一起吗？”

“我每晚都要和你在一起。”

耳环里传来了爱丽丝和雷真的说话声。

场面寂静得如同时间静止一般。

不久之后，爱丽丝率先开口。

“我的专长可是谍报活动啊，当然会随身携带用于记录的魔具。”

“雷真……你真的说过吗？”

夜夜目光发黑地看着雷真。冷汗像瀑布一样从雷真的额头流下。

“我不会生气，请说真话……我不会勒你脖子、捏断颈骨、把脸连同头盖骨拉出来的……”

“这不是干劲十足吗！”

“雷真是笨蛋！呜哇！”

夜夜发动攻击。雷真在千钧一发之际推开爱丽丝逃了出去。

雷真和夜夜开始在庭院里捉迷藏。爱丽丝笑着注视他们。

辛格一边给主人的杯子倒茶，一边不高兴地板起脸。

“您心情很好呢，大小姐。”

“是啊，很好。”

“那真是太好了。不过，我倒是满腔怒火。”

“男人的嫉妒太难看了。算了……这次就原谅你吧。”

“这话的意思是……我可以收拾掉Mr.赤羽吗？”

“等一下！你们在聊什么啊！”

一个少女的声音从身旁传来。

夏尔把幼龙放在帽子上，交叉双臂站在那里。

“别连你也学夜夜说话！会更加危险的啊！”

“卢瑟福的管家很优秀，但原本就很危险。”

“别将错就错啊！”

“别捉弄她，辛格。夏尔洛特是在担心雷真。”

“什，这……”

“不对吗？”

夏尔答不出来，面红耳赤。

她一脸不高兴，猛地坐到雷真的座位上。

“辛格。可以给我一杯茶吗？”

“明白了。”

辛格麻利地泡茶，还给西格蒙特准备了鸡肉三明治。

夏尔默默喝了红茶一阵子。

她时不时看着爱丽丝。爱丽丝苦笑着向她搭话——

“怎么啦？你有话想跟我说吧？”

“之前那个解除诅咒的口令，为什么你设定了那么……那个……那么奇怪的话啊？”

“我自以为我选了他再怎么弄错也不会说的话和不会做的行动。”

“什……你真的太坏了！”

“我知道啊。不过，这个彼此彼此吧！”

“唔……你设定那种‘不可能’的话，是想咒死我吗？”

“我早就知道他会努力解咒。或许应该说……相信他会吧。”

也许是理解了她的意思，夏尔闭口不言。

爱丽丝知道雷真会解咒，也知道夏尔会恢复原样，还知道雷真会说出那个口令……

“所以，那是我的诚意。您喜欢就再好不过了，公主。”

“我，我，我完全不觉得满意啊！那种话……”

夏尔全力否认，然后不甘心地抬头看着爱丽丝。

“就算我这么否认，你也全看穿了对吧。”

“是的。因为我比你聪明三倍左右。”

“唔唔……”

“不过，整个学院里的人都知道你迷上他就是了。”

“骗人……的吧？骗人的对吧？你是在习惯性地捉弄我取乐吧？”

“不知道呢。”

“说真话！”

夏尔想抓住爱丽丝的手臂。爱丽丝笑着躲开。

在旁人眼里她们像在嬉戏。正在捉迷藏的雷真察觉到他们

这个样子，在被夜夜扑中的同时，说道：

“感觉她们关系真好啊。她们在聊些什么呢？”

“不知道……但是，夜夜的雷达在发出警告。漆黑的杀气擅自涌出……”

“别出来。收回去。”

夜夜从雷真背后下来，微笑道：

“太好了呢，爱丽丝小姐。”

“是啊。”

辛格也是。

不良管家面无表情，淡漠地泡红茶。一眼看上去，他像是觉得很无聊，但雷真已经知道，这份职守会让他产生何等巨大的充实感。

雷真不知道院长和爱丽丝之间发生过什么，也不知道今后会发生些什么。

但是，总之，目前他们能从容地开怀欢笑。

这是好事。毋庸置疑。

但是，雷真的战斗仍未结束。

距离与马格纳斯再战，只剩下一个多月。

在那之前，必须锻炼出超越敌人的力量。

然后，今晚的晚会也拉开了帷幕……

大家好，我是海冬零儿。

托大家的福,《机巧少女不受伤》已经出版到第7集了!

这次的焦点放在“不可能死掉”的那个角色身上。作者也很喜欢这个角色，在收到第4集第201页的插画时，那“艳”之美态一下子就攻陷了我。这次的封面图已经收到，那虚幻又美丽的封面让我欢欣雀跃！我真的很幸福!

其实这次的第7集，为完成某一项要求，我个人非常努力。

被我当成心灵指路灯的大哥，我崇拜的齐藤健二先生（在MF文库J里写过《第101篇百物语》)对我说“希望夏尔流露出不止一丁点的不快感觉”，所以我绞尽了脑汁。请用您的双眼查证我究竟有没有回应您的期待吧!

我想看过正文的人已经能预想到,“十三人群雄割据篇”预定从下一集开幕。

这，这是晚会的重头戏吧？因为打败这些家伙之后，就只剩下洛基和夏尔，还有马格纳斯了!

在系列启动之前，编辑部建议“不要总是写在晚会里战斗的故事”，我自认为非常注意这个

方面了，但回顾至今为止的故事，我发现……

自己总是写在晚会“外面”的战斗故事。

喂！这不是根本没有好好接纳编辑的建议吗？

但不要在意！从下一集起大概真的会变成“晚会才是高潮”的情况，连我也很兴奋。那些家伙在尾声部分稍微露了个面，之后肯定会展现出一些特质，证明“十三人”的称号可不是拿来装饰门面的！

LLO老师，感谢您总是提供出色的插画！另外强迫你把档期排得满满的，真的很对不起……

每次重看旧刊，我都会觉得“夜夜的设计到达了神之领域”，深受震撼。另外，也超级☆期待这一集的插画！

高城计老师的漫画版《机巧少女不受伤》目前发售到第3集！原作第1集的“魔术噬食”篇结束，进入了洛基和芙蕾登场的“剑天使”篇。洛基实在是很帅气。另外，芙蕾那种小动物作风真是了不得！

高城老师的档期也非常紧密，甚至完全没时间休息……对不起，同时也谢谢老师！

在此向关照海冬零儿的责任编辑、检查超级杂乱的正文的校对人员、营业人员、书店——所有协助过出版本书的人，表示衷心的感谢。

另外，还要向购买本书的您致以最诚挚的感谢！海冬零儿在今天也能继续战斗下去，完全是因为有您的支持。请务必陪我一起走到故事完结，看看雷真和夜夜在战斗的最后会看见什么景象！

那么，希望我们还会在下一集《机巧少女不受伤8》再见！

2011年11月 海冬零儿

（注:后记中提及的内容均为日版出版时的情况。）

大家好。
我是画画的人。
已经第7集啦?

话说回来，这次的收尾，
我觉得十分狡猾。
最后那一句是什么意思?
所以，好想看下一集啊。
另外，我也想画战队。

**图书在版编目（CIP）数据**

机巧少女不受伤. 7 / (日) 海冬零儿著 ; (日) LLO
绘 ; 土豆译. -- 昆明 : 云南美术出版社, 2018.5
ISBN 978-7-5489-2663-4

Ⅰ. ①机… Ⅱ. ①海… ②L… ③土… Ⅲ. ①中篇小
说—日本—现代 Ⅳ. ①I313.45

中国版本图书馆CIP数据核字(2017)第077112号

**出 版 人:** 李 维 刘大伟
**责任编辑:** 韩 洁
**特约编辑:** 徐嘉悦
**美术编辑:** 罗智超

原著名：《機巧少女は傷つかない 7》，著者：海冬レイジ，绘者：LLO
KIKOU SYOUJYO HA KIZU TUKANAI VOL.7


---

本书为引进版图书，为最大限度保留原作特色、尊重原作者写作习惯，故本书酌情保留了部分外来词汇。特此说明。

# 机巧少女不受伤7

**著　　者:** [ 日 ] 海冬零儿
**绘　　者:** [ 日 ] LLO
**译　　者:** 土豆
**出版发行:** 云南出版集团
云南美术出版社（昆明市环城西路609号）
**印　　刷:** 广州市番禺艺彩印刷联合有限公司
**版　　次:** 2018年5月第1版
**印　　次:** 2018年5月第1次印刷
**开　　本:** 787mm × 1092mm 1/32
**印　　张:** 7.625
**字　　数:** 160千字
**书　　号:** ISBN 978-7-5489-2663-4
**定　　价:** 35.00元

---


联系地址：中国广州市黄埔大道中309号 羊城创意产业园3-07C
电话：（020）38031051 传真：（020）38031253
官方网址：http://www.gztwkadokawa.com/
广州天闻角川动漫有限公司常年法律顾问：北京市盈科（广州）律师事务所